娘子有醫手

2

風 文創 1160

六月梧桐 著

目錄

第二十九章　乳岩

莊蕾起了個大早，把浸泡好的小米和糯米磨成漿，打算多做些小米糕，給黃老太太和聞先生嚐嚐。

大津的點心沒有類似蛋糕的做法，小米糕鬆軟香甜，原因在於蛋清打到發泡之後，有了氣孔的支撐。沒有電動打蛋器，打發蛋清就是個力氣活。幸好陳照力氣大，乾脆拿了筷子，直接在缽裡打。

莊蕾把蛋黃倒入小米漿裡。可惜沒有牛奶，要是加一點就更好吃了。黃老太太的那一份要特製，加上甜菊的水，其他的用白糖。畢竟甜菊的餘味還是有一點點苦意，多少會影響風味。再加些油，做成了麵糊。

陳照把雪白如雲朵的蛋清端過來。「嫂子，這樣可行？」

莊蕾點點頭。「可以了。」

她把濕潤的白棉布鋪在蒸籠內，再墊上浸泡好的乾粽葉，把麵糊倒在粽葉上，一連疊了五個蒸籠來蒸。

隨著蒸氣升騰，一股香甜的味道飄出來，讓陳照一直盯著蒸籠看。

莊蕾笑著說：「蒸好了，給你吃第一口。」

陳照一聽，不好意思地低下了頭。

小米糕出籠，莊蕾切成塊，熱騰騰、甜津津的。陳照一連吃了兩塊，還問陳熹。「哥，是不是比京城容桂坊的桂花糕更好吃？」

陳熹慢條斯理地吃著，出聲回答。「嗯，真的好吃。容桂坊的糕點吃了有些膩，這個卻是清甜。」

一家子很快便把一大塊糕分了乾淨，張氏說：「只知道用小米煮粥，不知道能做這個。留一塊給我，隔壁的嬸子人很好，也請她嚐嚐。」

「行啊。」聽見婆母已經開始結交新朋友，莊蕾安心了些。

另外兩塊要給黃老太太和聞先生，還多了一塊。

眼見陳照要伸手，莊蕾一把揪住他。「這塊留給縣令夫人。上次她請我們吃了他們家的糕點，有來有往嘛。」

陳照這才依依不捨地收回了手。

聞先生起得早，辰時正要吃早飯，看見莊蕾送來黃燦燦的小米糕，很是高興。

莊蕾又去了縣衙後宅，原想把小米糕遞給榮嬤嬤就走，沒想到榮嬤嬤一見她便說：「大娘子來得正好，我們家奶奶正要去請您呢。」

「怎麼了？」

滎嬤嬤附耳過來。「這兩天，咱們家奶奶那裡脹痛非常。」

「哪裡？」

滎嬤嬤指了指胸口。

不會吧，縣令夫人又沒哺乳，怎麼可能得乳腺炎？

莊蕾跟著滎嬤嬤進去，卻見剛剛出月子的縣令夫人皺著眉頭和朱縣令坐在一起，眼圈紅紅的，像是哭過了。

她對著兩人福身行禮。「見過大人，見過夫人。」

「莊大娘子來了。」朱縣令對莊蕾點點頭，又對縣令夫人說：「娘子，那我先出去了，讓大娘子替妳瞧瞧。」

朱縣令出了房門，莊蕾把手裡的荷葉包遞給滎嬤嬤。「我做了點小米糕，想給夫人嚐嚐，還熱著呢。」

滎嬤嬤拿進去切了，裝在盤子裡，端出來道：「奶奶可要用些？」

縣令夫人吃了一口，抬頭問：「味道甚好，不知是什麼做的？」

「小米加了糯米。小米口感略粗，像這樣做成糕點，口味要好些。」

莊蕾不知縣令夫人是真喜歡還是客氣，見她吃兩口就放下，便問：「夫人胃口不好？」

「可不是。胃口不好，身上也不舒坦。」滎嬤嬤說道。

「我幫您搭個脈？」莊蕾示意縣令夫人伸出手。

看過脈象和舌苔，莊蕾問：「這是肝氣鬱結。最近夫人可是情志不舒？」

榮嬤嬤說：「宮裡的麗妃娘娘是咱們奶奶的長姊，前陣子歿了。聽到這個消息，咱們奶奶哭了幾日，這兩日身上又不舒服了。」

「夫人是胸口不舒服？能否進內室，我替您仔細看看？」

縣令夫人點頭，扭扭捏捏地走進了內室。

莊蕾讓縣令夫人坐在凳子上，解開衣衫，輕柔地觸摸她的胸部，發現縣令夫人皺眉。

「脹痛？」

「嗯。」縣令夫人回答。

莊蕾觸診完，請縣令夫人穿好衣衫，又站起來，摸她的甲狀腺。

縣令夫人仰頭問：「是不是有什麼不好？」

「有乳癖，是肝鬱氣滯而成。肚兜不要用這麼緊的，剛剛生完孩子，又沒有哺乳，還用這麼緊的肚兜，能好嗎？」莊蕾說她。

「會不會是乳岩？」

縣令夫人這是懷疑自己得了乳腺癌？

「放心，不是這個毛病。」莊蕾安撫她。

「這下奶奶放心了吧？大姑娘是大姑娘，您是您。」榮嬤嬤道。

莊蕾聽見榮嬤嬤這麼說，打斷她。「慢著，麗妃娘娘是死於乳岩？」

「是。我母親來信說，大姊姊瘦得不成人形，熬死了。」縣令夫人哭了起來。

「您家裡還有誰得過這樣的毛病？」莊蕾問道。「比如母親、祖母、外祖母、姑母、姨母等等，跟您有血緣關係的人。」

縣令夫人臉色慘白，搖搖頭。「只有長姊。她素日最是注重自己的容顏，沒想到結果卻如此淒慘。」

莊蕾抓住了關鍵，追問道：「為了保養容顏，麗妃娘娘常吃什麼東西嗎？」

「宮裡有很多駐顏養容的方子……」縣令夫人絮絮叨叨說了起來。

莊蕾聽完，道：「夫人不要太過擔心，這個毛病是心情長期不好引起的。娘娘在宮中雖然富貴，想來也是有很多不如意的地方。

「現在我探查下來，您還沒有這個毛病。另外，最好還是自己哺乳，不哺乳的女人比哺乳的女人更容易得這個毛病。也不要隨便吃駐顏的方子，裡面可能有紫河車。」

「紫河車？不是大補的嗎？」

「您沒吃過吧？」

「沒有，但是長姊的駐顏方子裡有這種藥。」縣令夫人說。

莊蕾點頭。「反正您不能吃。既然麗妃娘娘得了乳岩，您會比一般人容易患這種病，紫河車有駐顏功效，卻也能引發和加重乳岩。不過，妳的乳癖是產後情志失調，剛剛生完孩子容易得，調過來就沒事了。」

縣令夫人點頭。「我一直喊妳莊大娘子，可我們年紀才差這麼一點。妳叫什麼名字？」

「家人喊我花兒。我幫自己取了大名，叫莊蕾。」

「石頭的磊嗎？」

「不，花蕾的蕾。」前世爸媽替她取了這個名字，意思正是莊家的花蕾。

「倒是跟花兒也合。以後不要叫我夫人了，先不說我還沒有夫人的封號，我也沒這麼老。我叫蘇清悅，長妳幾歲，以後妳叫我一聲姊姊可好？」蘇清悅笑著對莊蕾說。知道自己沒有得乳岩，心情寬鬆不少。

「我只是一個農女，這太高攀了。」莊蕾推卻，心裡卻高興。若是能跟蘇相的女兒攀上關係，那就安全多了。

「別拿身分當藉口，只說妳我是否有緣？」蘇清悅問她。

莊蕾忙道：「自然有緣。」

「叫一聲姊姊。」

「清悅姊。」莊蕾叫了一聲，與蘇清悅再聊兩句，便道：「都這個時辰了，藥堂早已開門，我得走了。」

「大娘子，我送您。」榮嬤嬤上前。

「您不是要送我，而是要跟我一起去抓藥。走吧。」莊蕾笑道。

蘇清悅點頭。「嬤嬤去吧。」

莊蕾搭了朱家的馬車到壽安堂。平常她會比聞先生早一刻鐘開始看診，這會兒看見她下車，排隊的隊伍有些躁動。

莊蕾忙道：「今日讓大家久等，真是抱歉，有點事情耽擱了。」

她坐到自己的桌子前，第一個病人的家人說：「我們等了小半個時辰呢。」

「對不起，是我不好。」莊蕾賠罪。

「人家小姑娘已經道歉，你就不要多話了。」

榮嬤嬤見狀，道：「是我家奶奶病了，一早請莊大娘子去看病，多問兩句，這才耽擱了。老身替我們奶奶向您賠不是。」

那人見榮嬤嬤穿著不差，但不過是個老媽子，便說：「什麼奶奶？當了少奶奶，就能這樣不守規矩？」

榮嬤嬤笑了笑。「我們奶奶是朱縣令的娘子。既然我賠罪沒用，要不要我們大人過來向您賠不是？」

莊蕾已經開好藥方，遞給榮嬤嬤。「嬤嬤快去抓藥。」又招呼病人。「您先坐下。」開始幫病人把脈，熄了病人的焦躁和怒氣。

榮嬤嬤拿完藥，又過來跟莊蕾說一聲，這才回了縣衙。

榮嬤嬤回到縣衙，去了心病的蘇清悅向她招手。

「榮嬤嬤，妳來嚐嚐花兒做的糕點，味道真是好。」

榮嬤嬤過去，挾了一塊放進口中。「好吃。但奶奶是什麼身分，何必與她一個鄉下丫頭姊妹相稱，這是給她多大的臉？」

蘇清悅笑笑。「嬤嬤，她是不是有本事？」

「自然是有。」

「她是不是善於察言觀色，是個厲害人物？」

「那……也是。」

蘇清悅看著榮嬤嬤。「妳聽懂她方才話裡的意思了嗎？長姊的毛病，可能是娘胎裡帶出來的，我也可能會有，只是現在沒有罷了。我要是生下一胎，也得調養，但官人不可能一直待在這個小小的遂縣吧？」

「所以，奶奶要帶她走？」榮嬤嬤問道。「讓她進相府當郎中，以後能有機會跟太醫切磋，她興許就肯了。」

蘇清悅又笑。「妳看，她被黃家下人綁走，尚能脫困，可見其機智；平日與人交往，落落大方，可見不願屈居於人下。相府郎中的位置聽起來不錯，可惜人家未必肯。」

「所謂宰相門前七品官，她怎麼會不肯？」

「未必。這裡是她的家鄉，坐堂郎中也算自在；進京是居於人下，當相府的門客。」

「奶奶說的也是。」

「所以才要早做打算。她有個弱點，就是心軟，對陳家掏心掏肺；娘家那般不堪，依然對她娘盡心。我與她結交在微末之時，才能說動她進京。

「另外，聽說她的小叔正是安南侯以前抱錯的兒子，是皇上替四皇子挑的伴讀，孰料後來生了癆病，又鬧出抱錯的事。可他來了遂縣後，身體逐日好轉，日後難保不通過科考進入仕途。這種人還不值得結交？」

「奶奶遠見。那她肯走嗎？」

蘇清悅揚起笑容。「官人乃進士出身，若肯指點她小叔，她會不會走？慢慢來，總能讓她跟我們一起走的。我肯定要再生孩子，可那日的景象歷歷在目。沒有她，我可不敢生。」

榮嬤嬤點頭。

壽安堂裡一如往常，吵鬧如菜市場，小孩子的哭聲更是弄得忙了一個上午的莊蕾覺得腦仁疼，更不要說如聞先生這般年紀的人了。

有個六、七歲的孩子被抱進來，調皮搗蛋從樹上摔下，腿骨骨折。聞海宇幫他正骨上夾板，哭鬧聲不絕於耳。

聞先生這裡是一對前天來看病的父子，兒子尿血一直不好，莊蕾開了藥方，他卻嫌棄莊蕾是個黃毛丫頭，帶著兒子離開。

「聞先生，您說現在該怎麼辦啊？又尿血了。」

「你吃了莊娘子開的藥嗎？」

「沒有。我拿了方子去給其他郎中看，他們說裡面的雷公藤大毒，沒見過用在這個毛病上的。」

聞先生笑了聲。「那你兒子按照其他郎中開的方子吃，不就行了？」

「這孩子吃了一個多月，仍不見好。您不能替他看看嗎？」

「就算老夫幫他看，開的方子也不會和莊娘子的差很多。」聞先生道：「我跟你說過，吃藥三日後來看，要是不好，我退還診金。他吃別人的藥，現在叫我看，我開的藥方裡還是要加雷公藤，那你吃不吃呢？」

「您開的方子，我們一定吃！」

聞先生沒有辦法，只能再次開藥。「盡快回去熬給孩子吃。再晚，神仙難救了。」

那人拿了方子要離開，莊蕾抬頭看去，出聲叮囑。「回去之後，不要給孩子吃任何帶鹽的東西，否則會加重他的病情。」

聞先生點頭。「沒錯，不能吃鹹的東西。七日後來複診。」

莊蕾看著走遠的父子倆，搖了搖頭。

之前腹脹的病人進來，叫了一聲。「莊娘子。」

「好多了嗎？」莊蕾幫他搭脈。「不錯，比我想像中恢復得快。」

「莊娘子，我什麼時候可以喝兩杯？」

「以後滴酒不沾。你的身體已經壞了，千萬不能再有半點馬虎。」

「你這死東西，還想不想看兒子娶媳婦了？」自家男人吃了莊蕾的藥後，病情好轉，原本不信任莊蕾的婦人，如今把莊蕾的話奉若聖旨。

病人點頭。「知道知道，不喝了。」

第三十章　姑父

下午，聞海宇興致勃勃地拿出一筐爛橘子。

莊蕾驚訝。「你本事真大，居然弄來這麼多爛橘子？」

「現在是橘子上市的季節，要幾顆爛橘子還不簡單。」

莊蕾用米漿和糖做好培養液。「你看這些橘子，有的生了青黴，有的不是，我們先挑有青黴的出來。」

等培養液放涼之後，莊蕾一邊刮下青黴、一邊說：「一只碟子裡最多放三小撮，等過兩天再觀察。」這裡沒有無菌室，只得盡可能弄乾淨了。

這邊的事做完，聞先生帶莊蕾和聞海宇去喝茶，聞海宇的爹正好進來。

「爹，這次我去北邊收了好些人參和鹿茸，可以做成大補膏。」

莊蕾起身，喊了聲聞叔，跟著聞先生去驗看藥材。

聞先生看過了藥材，聞大爺又拿出一只小木盒，裡面是一顆蠟丸。

「爹，這是京城積善堂的醒腦通竅丸，配合金針，對癲狂的療效極好。」

聞先生去了蠟殼，裡面是鴿子蛋大小的大蜜丸，便道：「阿宇，拿刀來。」

聞海宇拿刀過來，切開藥丸。

聞先生挑了一點，放進嘴巴裡。莊蕾則是先聞過，再用舌頭嚐。
聞先生說道：「全蠍、川芎、肉桂、乾薑、赤芍藥……」
「還有當歸和黑豆吧？不過最大的功效應該在於全蠍。」莊蕾接話。
「真是好藥。」
「而且，還針對某一種病做成了藥丸。」莊蕾沈吟。「歷來成藥以古方為主，一、兩種成藥問世，都十分難得。我在想，壽安堂看病是一回事，可做藥丸是另一回事。」
「小丫頭，妳說說。」
「咱們可以蓋一間藥廠，專門做藥丸。喝湯藥太難熬，若能做成丸劑，病人服藥就簡單多了。」
這時，一個夥計跑進來道：「聞先生，早上摔斷腿的孩子又來了。」
聞先生和莊蕾聽了，趕緊帶聞海宇出去瞧瞧。
到了藥堂，三人看見孩子哭得喘不過氣，腳上的夾板已經沒了。
聞海宇上前查看孩子的腿。「我不是叮囑過嗎？骨頭接不上，以後要瘸腿一輩子的。」
夾板對小孩子來說確實很難受，如果採用石膏呢？前世她曾因骨折上了石膏，那要如何在古代做出石膏來？
莊蕾還在沈思，忽然聽見外面傳來尖利而熟悉的叫聲。「莊花兒！」

莊蕾抬頭，她的姑媽尤莊氏站在壽安堂門口，因為裡面有壽安堂的人在，不敢進來，只在門外叫囂。

「妳給我出來！」

莊蕾出了壽安堂，見尤莊氏髮髻散亂，整個人很憔悴。看來黃成業派人逼得很緊，真的把莊青山逼急，去求溺愛他的尤莊氏幫忙了。

莊蕾站到尤莊氏面前。「什麼事？」

「妳爹要被人抓去做奴才了，妳知道嗎?!」尤莊氏質問。

莊蕾搖頭。「那一日我離開前說過，以後我和莊家就沒關係了。」

「這是什麼話？妳身上流著莊家的血，骨肉血親能斷就斷？天底下有這種道理嗎？」

莊蕾還沒回答，就見陳熹從家裡走出來，站在尤莊氏面前。

「原本你們打算用五兩銀子賣了她當瘦馬，因為咱們家出了十兩，所以她成了我的大嫂。一個被你們家賣掉的姑娘，要管什麼？」

莊蕾推著陳熹。「你進去，這裡我來應付。」又對尤莊氏道：「我早說過，我已經被他賣了，我就是陳家的人。現在妳要幫他，那是妳的事，不要扯我進來。」

壽安堂門前人來人往，誰不認識最近坐診的莊娘子？聽聞莊娘子小小年紀就沒了男人，都替她惋惜，幸好她跟婆家人相處得十分融洽。

可今日這般吵鬧，又是為了什麼？

尤莊氏從小疼愛莊青山，這次莊青山被逼債，她便衝到莊青河家裡，要他幫著莊青山一起還。

莊青河指著客堂中間那堵牆。「我跟他連門口都不共用了，妳還要我幫他？」

「你總得看在死去的爹娘分上。」

「要看多久？以前說他年紀小，看爹娘的分上，如今這個畜生連自己的媳婦都打死了，妳還要幫他？我告訴妳，我跟他就是比陌路人還要不如！」

「那你就眼睜睜地看他被人抓去為奴？」

「欠債還錢，天經地義，為奴就為奴。妳再這麼鬧，以後別上門。」

莊青河說完，把門關上，連尤莊氏也不想搭理了。

五十兩銀子，莊青山花得一分都不剩，還欠下八兩的債，說是替翠娘辦喪事用掉了。但翠娘的喪事，別說五十兩，連五兩銀子都用不到，鐵定又去賭了。

女兒沒有賣成，這筆錢終歸要還給黃家和賭場，莊青山去求尤莊氏。「姊，怎麼辦？」

尤莊氏年年貼補莊青山，已經貼了不少，這幾日催債催得緊，黃家家丁居然天天上門要錢。她男人早和她吵了不知多少回，她也知道莊青山不是個東西，可誰叫他們是同一個娘胎裡爬出來的呢？

她就算掏空了家底，也實在沒法子替那個混蛋把窟窿堵上，便想到莊蕾那個死丫頭，去小溝村打聽，說他們一家搬進了城裡。

尤莊氏急急忙忙趕過去，問一聲陳家沒人知道，說一句莊花兒，大家紛紛指向壽安堂。

「莊娘子在壽安堂，跟著聞先生看病呢。」

尤莊氏這才知道，死丫頭成了聞先生的徒弟，進進出出的人都叫她一聲莊娘子。

尤莊氏總算在壽安堂門口堵住莊蕾，但聽聽她說的是什麼話？是不想認自己的親爹了？

「妳忍心看著妳爹去當下人？」尤莊氏知道，要是私下去找莊蕾，肯定被她趕出來，所以站在大街上鬧。「他是生妳養妳的親爹，他去當下人了，妳臉上有光？」

「他生了我，卻沒養過我。」

「就算是喝西北風長大的，也要每天拎妳出去吧？」

「這些話，妳說了，我也不會當一回事。我只問妳，妳打算怎麼樣？」莊蕾問她。

尤莊氏一聽有戲，趕緊回答。「妳年紀小，在家裡也做不得主。這樣吧，妳爹欠了五十八兩銀子，咱們一人一半，妳出二十九兩，我也拿二十九兩，咱們幫他把事情了了。」

不待莊蕾回答，有個人衝了過來，正是尤莊氏的男人，她的姑父。

他一巴掌打在尤莊氏的臉上，叫道：「我打死妳這個只要娘家，不要夫家的婆娘！」

尤莊氏的男人身邊還有個姑娘和少年，正是尤莊氏的一雙兒女。

尤莊氏捂著臉。「我不是在想辦法了嗎？」

「想什麼辦法？去找花兒，讓她像妳一樣，永遠去填那個無底洞，也不管自家是不是活得下去？娶你們莊家的女人，真是倒了八輩子楣。」

尤莊氏的男人憤恨說道：「他的事，妳憑什麼要替他攬下來？妳替他攬，那妳去替人當老媽子。他賣女兒就跟賣白菜似的，當初要賣給瘦馬，看她死了男人，還要把人拉回來當外室，妳還去做幫凶？他那麼凶狠，打死自己的女人，妳還說翠娘該打。看來是我沒打死妳，才讓妳這樣分不清楚好壞！」

莊蕾聽著他一口氣把話說完，這是她要求黃成業一定要找尤莊氏的男人來說的話。她跟尤莊氏辯解，不如她那個受夠了苦的姑父說出來有力。

尤莊氏的男人動了手，尤莊氏捂著臉，看向自己的女兒。「杏兒，快救救娘，娘也是捨不得你們小舅舅啊。」

「捨不得小舅舅，就捨得我們了？每次舅舅一家子過來，舅舅愛吃的、表弟們愛吃的，我們就該讓；有什麼好的，也要讓著舅舅。」

尤莊氏的兒子擋在杏兒身前。「今天妳逼著陳家拿出一半的銀子，然後家裡再出一半，但妳可知道那點銀子是要給我娶媳婦，讓妹妹出嫁的？妳想過我們倆嗎？大舅舅都不管他了，妳還要管，也不管家裡過不過得下去。」

尤莊氏不是不知道自家家道艱難，現在被丈夫打、被兒女怨，便蹲在地上大聲嚎啕，怨自己的命不好，罵莊青山王八蛋，恨莊蕾沒良心。

「你們都恨我，都怨我，我不如死了算了！」

尤莊氏說著，爬起來衝向一旁的小河，一雙兒女趕緊拖住她。

「別鬧了成不成?!」尤莊氏的男人氣得大吼。

尤莊氏叫著。「你以為我活得舒坦嗎？可他到底是我弟弟！」

尤莊氏的男人鬆開手，怒道：「那妳跳啊，那妳去死啊！」

他蹲在地上，嗚咽一聲，雙手捧著臉哭了起來。

尤莊氏見狀，不敢鬧騰了。

一旁的人見狀都覺得心酸，尤莊氏的男人一邊抹眼淚、一邊將這些年的事情一件一件攤開來質問尤莊氏，大家很快就明白莊娘子的親爹是個什麼樣的東西。

「妳大哥算得上好人了，他為什麼不管？是沒辦法管。妳說妳姪女不管她親爹，可她才幾歲？妳一定要把咱們全家都搭進去，才舒坦嗎？」

夫妻倆大哭一場，莊蕾看著她的表哥表姊過去扶起自己的親爹，也為他們嘆了口氣，目送他們一家子離開。

黃家管事派了四個家丁寸步不離地跟著莊青山，逼著他還錢。

莊青山被逼得走投無路，找人去借。但莊青河說不管他就是不管他了，還在屋子中間砌了道牆，連進出都不打招呼，只能拖著三個兒子去尤莊氏家裡。

尤莊氏果然肯幫忙，聽了他的話，拍了腿說家裡還有些銀子，可是不夠，打算去找那沒良心的小賤人要。

原本她要拖著他去，他卻不願意，難道他一個做爹的，還要下跪去求自己生出來的不孝東西？

沒想到，他外甥和外甥女也不是東西，攔住他們的娘不說，外甥還抓著她的胳膊大叫。

「娘，妳就不能看看我們倆嗎？不能看看爹嗎？他已經老成什麼樣子了！」

「你們這些沒良心的，就看著你舅舅去死嗎？」

「他不去死，咱們的爹就要死了！」外甥吼道：「黃家拖他走，不過是讓他去幹活，這有什麼了不起的？」

「你們讓我去找那個死丫頭。陳家有錢，她總不能對自己的爹見死不救！」

於是，尤莊氏甩開兒女，去了城裡。

兩個孩子見狀，趕緊把莊青山一家人轟出門，上了鎖，去追尤莊氏。

四個家丁什麼也不說，陪著莊青山等。

「爹，我餓。」莊二狗叫著。

被莊二狗這麼一叫，莊小狗大哭。「餓啊！」

莊青山也餓得很，原本盤算著，起碼能在尤家吃頓飯，誰承想被兩個外甥一鬧，連飯都沒得吃。

「等你姑媽回來，咱們就有吃的了。」莊青山安慰三個兒子。

過了許久，尤家人來了，尤莊氏披頭散髮，半邊臉紅腫著，一邊哭、一邊走。

莊青山衝上前。「姊，妳怎麼了？」

「怎麼了？你這敗家的東西，你再來，我們家都要被你拆散了，還不給我滾！」莊蕾的姑父掄起手裡的扁擔，就要敲在莊青山身上。

莊青山嚇得退了幾步，看向尤莊氏。「姊，妳說句話啊？」

「你走吧，以後別來我們家了。」尤莊氏說道。

方才在路上，尤莊氏被她男人威脅，如果她再幫著她弟弟，以後就不要回來，直接回娘家，跟著她弟弟過算了。

「可是，我總不能看著三個孩子沒了娘，又沒了爹。」

「妳弟弟還沒死，怎麼叫沒了爹？去莊子當長工就不能活了？妳要是這麼想，就回娘家替他帶孩子。」

她男人說這些話的時候，兩個孩子連句話都不接。

「姊，連妳也不管我了？」莊青山大吼。

沒等他繼續抱怨，尤莊氏尖利地叫起來。「再管你，我都要去死了。你這討債鬼，我前世欠了你嗎?!」

莊青山就這樣被一直疼愛他的姊姊趕出去。

三個孩子見狀，仰頭問他。「爹，現在怎麼辦？」

一旁的黃家家丁有帶吃的，剝開白麵饅頭塞進嘴裡，壓根兒沒打算招呼他們一起吃。

父子三個餓得前胸貼後背，莊二狗又叫起來。「我餓！」

諸多不順讓莊青山原本就暴戾的脾氣無法控制，一巴掌打在莊二狗臉上。

正在換牙的莊二狗吃痛，從嘴裡吐出了一顆帶血的牙齒。

莊大狗一臉漠然，莊小狗嚇得撕心裂肺地哭起來。

莊青山沒了辦法，一把抱起莊小狗，和莊大狗拖著正在抹眼淚的莊二狗，往翠娘的娘家走去。

第三十一章 無路

莊青山在村口徘徊很久。

翠娘的娘家人向來看不起他，也看不起翠娘。翠娘下葬之後，一句關心都沒有。但他跟孩子實在是肚子空空了，走到岳家門口，敲了敲門，見到莊蕾的舅媽從裡面出來，忙叫道：「嫂子！」

莊蕾的舅媽大驚失色。「你來做什麼？你們不要進來，我們家跟你們家早就沒了關係。你打死了我家姑奶奶，我們還沒跟你算帳呢。」

莊青山本來就不抱希望，這會兒看她的表情，也知道是拿不到一分錢了，便說：「嫂子，我們一整天沒吃飯了，能給我們幾口飯嗎？」又推孩子，要他們快叫舅媽。

莊大狗低下頭，不肯叫。

莊二狗哭著喊：「舅媽，我餓！外婆！」

莊蕾的外婆聽見孩子的哭聲，趕緊出來，卻被莊蕾的舅媽一瞪。

「妳想幹什麼？家裡的孩子都沒得吃，還想補貼他們？妳放他進來，他欠的一屁股爛帳，妳來背？妳背得起嗎？」

老太太不敢跟兒媳婦回嘴，進去拿了張餅出來，塞給莊大狗。「外婆也不能留你們，自家都吃不飽了，你們快走吧。」

莊小狗看見哥哥手裡的餅，要伸手去拿，莊青山卻一把搶過，扔在地上。

「妳不是把我當成女婿，是把我當成要飯的了？」

莊蕾的舅媽冷笑。「給了，人家也不要吃。」又出聲趕莊青山。「既然不吃，那就走。你打死咱們家姑奶奶，這會兒還要我們認女婿？你比要飯的更不如，還不快滾！」

莊青山帶著三個孩子，灰溜溜地走了。

莊青山再次被趕，黃家的家丁被折騰好幾天還辦不好差事，不耐煩了。

「你能不能歇歇了？都幾天了，有人肯借你一文錢嗎？明天早上跟我們走算了。」

天色漸漸黑下來，莊青山蹲在村口，霍地站起身。

「不行，我得去趟城裡。」

「這個時候進不了城，城門都關了。」一個家丁提醒他。

莊青山看看前面的路，再看看村子裡的燈火，知道走不了了，只能回家。又偷偷從隔壁莊青河家的柴垛上扯了一捆稻柴，打了一桶水來燒。

自家的田地早被他輸光了，翠娘春好的米已經吃得一乾二淨，米缸連一粒米都沒有。以前翠娘靠著幫人洗衣縫補、做鞋、幹農活，加上尤莊氏和莊青河的貼補，才能勉強養活三個孩子，但也是吃了上頓沒下頓。

莊青山實在撐不下去，帶著孩子跑去隔壁，把莊青河家的門板拍得震天響。

「哥！哥！我快餓死了，求求你，給我和孩子一口吃的！」

莊青河拉開門，手裡拿著一根扁擔，氣勢洶洶地衝出來問：「扁擔要吃嗎？」

「哥，你就眼睜睜看著我和孩子餓死嗎？」

莊青河看了三個孩子一眼，道：「怕餓死，就跟人家走。」說完，門砰的一聲關上了。

莊青山沒辦法了，舀一瓢熱水和三個孩子一起喝了一口，蜷縮在床上。被子沒有晾曬過，也沒有翻厚，天氣一下子轉冷，到了下半夜，父子四個冷得瑟瑟發抖。

莊青山死了心，隔天天還未亮，便帶著三個孩子，跟黃家的家丁走了。

這日，陳家三叔在河裡抓了一條鰻魚，拿來給陳熹補身體。

莊蕾切了兩片肉給黃家祖孫，其他的紅燒。黃家祖孫不能吃得過於油膩，口味還要清淡，得另外做。

她先用小火將河鰻煎至兩面金黃。河鰻本就脂膏豐腴，這麼一煎，香氣四溢。

莊蕾對黃家的嬤嬤說：「久病羸弱、五臟虛損、血虛、癆病的人都能吃河鰻，而且河鰻還有明目的功效。妳家老太太吃不得太油的東西，所以要用煎的把油逼出來。」

陳月娘取出白瓷金邊的碟子，裡面墊上翠綠粽葉。莊蕾將煎好的河鰻放上去，再用醬油、紅參粉和甜菊水調成醬汁，淋在河鰻上。

「這種醬汁不似紅燒那般重油重糖，老太太可以吃一些。」

這道菜是莊蕾模仿前世香煎鮭魚的食譜做的，加上調味汁，魚皮香脆，皮下油脂肥美，肉質細嫩。

一雙手、一只碟子、一道菜，讓人看了不想走。

接下來是涼拌雞絲，雞絲潔白，淋上調味汁，碼在紅色的碟子裡，撒上芝麻和蔥花。再來是金邊白菜、清炒藕帶和靈芝山藥排骨湯。

京城也講究菜品和盤碟的搭配，大多喜歡用各種花紋的樣式，花裡胡哨的。

陳熹看自家小嫂子做菜，她卻喜歡白瓷，或者純色燒釉的盤碟，很簡單，好似水墨畫中一定要留白一般，把菜做得簡單卻極為精緻，讓人看了就想嚐一嚐。

他實在想不明白，她生在莊家那種低到爛泥裡的人家，而陳家雖然富些，也不過小康而已，怎麼就能養出不差京城貴女半分的品味來？

莊蕾將黃家祖孫的菜裝入食盒，叫了一聲。「二郎。」

陳熹回神，看見莊蕾對他笑。陡然之間，心頭一顫。

莊蕾摘下圍裙。「二郎，你的身體已經可以吃些油膩東西，吃上兩塊鰻魚沒問題。」

「知道了。」陳熹點頭，回以一笑。「天色還早，等妳回來一起吃。」

「別等，我先走了。」莊蕾笑著說道，出門搭上黃家的車，去看黃老太太了。

莊蕾到了黃家，提著食盒的嬤嬤將菜擺上桌。

黃家祖孫進了正廳坐下。食盒裡的菜香氣四溢，每天光看莊蕾做的吃食就有食慾了。今天黃老太太的飯是五穀雜糧飯，黃成業的是白飯，還分兩種？

香煎鰻魚不過每人一片，雞絲則是幾筷子就沒了，黃成業抱怨道：「妳就不能多做一些？都不讓人吃飽。」

「你多吃，今日吃進去的鹽就多了，不怕腫成豬頭？」莊蕾瞪黃成業一眼，轉過頭對黃老太太說：「靈芝燉湯，您可以常吃，對您的病很有好處。」

黃老太太說：「丫頭，要不中午這一頓，妳也幫我做了吧？菜的味道差太多，我每天就等著晚上這一頓了。」

「老太太，我著實沒有時間，上午看完病人，下午還要跟著聞爺爺學。過兩日，家裡的小鋪子要開張了，每日中午都有四款小盅煨湯，我會按照您和大少爺的病情，放兩種口味的湯進去，您可以派人過來取，也算是加個菜。至於做菜，讓嬤嬤們慢慢學，味道會好起來的，您別心急。」莊蕾只能安慰祖孫倆。

等兩人吃完，莊蕾幫黃老太太搭了脈。「這兩日，是不是感覺輕鬆些了？褲腳撩起來，讓我看看腿。」

黃老太太的水腫果然又消了好些，道：「這兩日感覺鬆快許多，沒想到這吃裡面的學問，居然有這麼多講究。」

「管住了嘴，加上有藥，您還是有希望長命百歲的。要是不控制，那就是今天不知道明天了。所以您吃東西，定要仔細再仔細。」

黃成業站起來。「奶奶，那我回房了，等會兒請莊娘子過來替我搭脈。」

黃老太太點頭。「去吧。」

片刻後，莊蕾進了黃成業的屋子，正欲伸手搭脈，卻聽他出了聲。

「妳該怎麼謝我？」

莊蕾抬起頭，一雙含情杏目本是如一汪秋水，黃成業卻竟是看成了深潭寒水，身子有些發冷。

他低下頭，不敢跟她對視，恨不得咬了自己的舌頭。真是腦子壞了，才要莊蕾道謝。

莊蕾卻輕聲一笑。「多謝你了。」

聽見莊蕾謝他，黃成業才樂呵呵地抬頭，又管不住嘴了。

「妳也真是厲害，聽咱們家的管事說，去找妳姑父時，不用威脅利誘就答應了，他果真只是希望妳爹能離他們遠些，不會不管孩子的。我許了他一個營生，他就讓妳姑媽收下那幾個孩子。如今妳姑媽對他千依百順，也不敢再鬧事了。」

莊蕾點頭。「那這件事就算是了了。」

「問妳一句，我能不能不去廟裡？現在我一想到要去廟裡，晚上都睡不著覺。」

「廟裡清靜。你現在這個樣子，要是大小老婆都在，難免把持不住，到時功虧一簣。」

莊蕾建議黃成業去廟裡，固然有想小小報復他的心思，卻也是實實在在為他著想。

「這次因為返春丸，牽扯出一堆事情，我奶奶動了怒，把我娘子和通房姨娘一併打發了。現在我身邊一個女人都沒了，又住在奶奶這裡，還要如何？住在自己家裡，至少自在些，也不用聽那些老和尚念經不是？」黃成業跟莊蕾討價還價。

莊蕾很意外。「你的娘子和房裡的女人們都被打發了？」

「嗯。我搬去奶奶那邊後，過了兩日，我娘子屋裡被查出有那種熏香。」黃成業說道。

莊蕾不明白。「哪種熏香？」

「就是那種……那種……」

莊蕾恍然大悟。「那些人想弄壞你的身子，真是無所不用其極，厲害！那你奶奶以前怎麼不幫你？」為了財產，人性中的惡全冒了出來。

黃成業有些尷尬，低下頭。「早幾年，奶奶就一直勸我，可那時我混帳，完全聽不進去，只道是奶奶年紀大了，不懂我。而後娘每每被奶奶罵過之後，便對我說，奶奶年紀大了，要我讓著她，她也是為我好。後娘越是這麼說，我越是覺得奶奶糊塗……」

莊蕾聽他講家裡那些陳穀子爛芝麻的事，黃老太太在商場上能幹得很，家事卻處理得一團糟。最差的時候，兒孫全跟她離了心。

「你怎麼能蠢成這樣？不過也是隨了你爹，眼瞎！那你後娘呢？既然你奶奶能打發了你娘子，你後娘那裡，她就沒句話？」

「我爹還是護著她，奶奶也無可奈何，只說以後讓我跟在她身邊，等她身體好些了，親自帶我學學做生意的門道。若是有一日她去了，我爹不喜歡我，我也能有一份產業，不至於坐吃山空。所以，妳一定要想辦法把我奶奶治好。」

莊蕾打量黃成業，見他當真浪子回頭，便壓下了原本想小小報復他的心思。

「方才我說了，若希望你奶奶長命百歲，關鍵是怎麼控制。既然你這麼說，房裡也沒女人了，就住家裡，但以前的混帳事一件都不能再做。只要能做到這個，去不去廟裡無妨。」

「妳放心，為了我奶奶，我定要活出個人樣來。」黃成業信誓旦旦地說著。

莊蕾心想，其實黃成業就是混帳了些，也算不上壞。現在能改過自新，倒也是件好事，就應了他的要求。

看完黃成業的病，莊蕾向黃老太太告辭。

待她走後，有婆子對黃老太太說：「方才經過大少爺那裡，我聽見幾句莊娘子和大少爺說的話。」

黃老太太抬頭。「哦？」

「您可還記得，前幾日大少爺找您要管事派人替他辦事？莊娘子為了跟她娘家斷絕來往，絕了後患，讓那群家丁藉著大少爺的名頭去追債。她的姑媽原想逼著她一起替她那賭鬼爹還錢，沒想到被她姑父當街抓了回去……」

黃老太太靠在靠墊上聽著，問道：「所以，她是讓咱們的人把她爹送到遠遠的莊子做苦力，孩子託給她姑父照顧？」

「可不是？說完這些，原本莊娘子要大少爺去廟裡休養，聽您處置他房裡的人後，便要大少爺好好跟著您學，不要再讓您為他操心。」

黃老太太點頭。「難為她小小年紀就這般思慮得當，該斷的斷了乾淨，心腸又是極好，是個好姑娘。」

「老太太，咱們少爺若能浪子回頭，我倒是覺得，莊娘子當咱們家的大少奶奶也不錯。您可別看她出身不高，卻是個有主意的。」

黃老太太呼出一口氣。「我哪裡敢嫌她出身不高，是咱們家成業配不上人家。如果能有這般的姑娘替我看顧他，我死了也能閉眼。」

「老太太別洩氣，等少爺養好了身體，又肯上進，咱們家家財萬貫，難道還怕人家不肯？」婆子說道。

黃老太太笑笑。「妳想得太簡單了。」嘆息了一聲。

第三十二章 食鋪

莊蕾回到家，發現全家人都在等她，便埋怨陳熹。「跟你說讓大家先吃，我去黃家總是要點時間的，等我幹什麼？」

陳熹低頭笑了笑。「一起吃才熱鬧。再說了，不是還想問問妳鋪子怎麼改？」說著站起身幫大家盛飯，陳月娘拿筷子。

張氏端菜上桌。「是啊。妳每日忙裡忙外，晚上一家人一起暖暖和和吃口飯不好嗎？」

莊蕾笑著點頭，挾一塊紅燒鰻魚給陳熹。「慢慢的，你什麼都能嚐嚐了。」又對張氏說：「娘，您問問三叔，要是有螃蟹，也可以留一點。今年還沒吃過，可以讓二郎嚐個鮮。」

「這不是發物嗎，二郎能吃？」張氏疑惑地問莊蕾。

「吃一點沒關係。三郎一直待在北邊，也沒吃過我們這裡的螃蟹吧？總要嚐嚐的。二郎的身體還虛，我會想法子把螃蟹的寒氣去掉。」

陳熹看了莊蕾一眼，低下頭，默不作聲。

莊蕾見他一直扒飯，又幫他挾了一筷子菜。「別光吃飯，吃點白菜。」

「嗯！」

這一聲回應帶著鼻音，張氏才發現陳熹好似在哭，忙問道：「二郎，這是怎麼了？」

陳熹抬頭，扯出一抹笑。「阿娘，幸好我能回來。」說著，竟不可遏制地哭出了聲。

張氏站起來，將他摟進懷裡。「傻孩子，別哭。咱們回家了，以後一家人都在一起。你看，你的病也好了，阿娘等著以後你和三郎娶了媳婦，讓你們孝敬呢。」

陳熹把臉埋在張氏懷中，哭了一會兒。

陳月娘看得心疼。「二郎為何這麼傷心？」

莊蕾笑笑，挾菜吃起來。「二郎從沒命到能活命，心裡感慨難耐，無處釋放，就哭上一哭了。」

飯後，各人打水進屋，莊蕾擦洗完，趿拉著鞋，走到陳熹的屋子前，敲了敲門。

陳熹打開門，叫道：「嫂子。」

「我來陪你說說話。」莊蕾進來，拉了把竹椅坐下。

陳熹不好意思地笑笑。「讓嫂子見笑了。」

莊蕾擰了他的臉頰一把。「哭一哭才像個孩子，平時老成得跟個小老頭似的。你想想自己才多大，還沒我高呢，就把自己當成男子漢了？」

陳熹撇過頭，叫了一聲。「嫂子！」

「自己的身體好起來，你早就知道了，今天為什麼忽然哭呢？」

陳熹走到莊蕾對面，也坐下來。

「我從懂事到離開京城，安南侯夫婦從來沒有私下跟我吃過一頓飯，從來沒有像咱們家這樣會想著我喜歡吃什麼，一時間就難忍了。」

「對安南侯夫婦來說，你就是個玩意兒，他們要關心你什麼？但在這裡，你是咱們家的頂梁柱，阿娘的兒子，我的小叔，月娘的親弟弟，三郎的哥哥，自然疼你，不一樣的。

「當初我剛來陳家的時候，連飯桌都不敢上，可是大郎哥哥和月娘疼愛弟弟妹妹，好吃的都讓著我和阿燾。那時候，我也結結實實地哭過幾場。」

「大哥人很好。」

莊蕾靠在椅背上，回憶起陳然。「大郎哥哥真的很好很好……」想起陳然，她便有著說不完的話。

陳熹聽著，問道：「每年上元節，大哥都紮兔子燈給妳？」

「是啊。」莊蕾悵然。「以後沒有了。」

「嫂子，我紮給妳和大姊。」

莊蕾看看夜深了，揉揉陳熹的腦袋。「好。但現在不是紮兔子燈的時候，是睡覺的時候。」要他先休息了。

從陳熹房裡回來，莊蕾一身疲累，躺上床便睡去。

但她不知道的是，今日陳熹哭了一通，張氏不放心，想過來看看，走到房門前，卻聽見莊蕾的聲音，頓住腳。

兩個孩子雖然年紀還小，可到底是叔嫂名分，瓜田李下的，是不是不妥？等她貼近門口，聽見莊蕾在說陳然的事，言語之間滿滿都是情意，被勾起了傷心處。兩個孩子不過是說說話，她還是不要去打擾了。孩子還小，規矩等以後再說吧。她捂著嘴回屋，抹了一會兒淚，躺在床上，越發覺得花兒這個孩子實在情深義重。

花了大半個月，小鋪子裝修好了。

陳熹帶著莊蕾仔仔細細地看了一圈，莊蕾非常滿意。陳熹做事，根本不像是十幾歲的少年，唯有那亮晶晶求表揚的眼神，才符合他的年紀。

莊蕾自然不吝讚美之詞，但陳熹臉皮子薄，聽了兩句就討饒。「嫂子別誇了，不過是怎麼想怎麼來。妳用了，才知道好不好。」

「無一不妥貼，怎麼會不好用？」莊蕾笑著說道。

鋪子開業那日，莊蕾請了假，近中午時點了爆竹，慶賀開張大吉。

眾人都知道這鋪子是女郎中莊娘子家裡開的，壽安堂前依舊是排著長隊等待看病的人群，這就是未來的客人啊。

店鋪裡的大瓦罐吸引很多人的目光。這個時代的人，不像莊蕾前世，只要某個地方有好吃的，全國都能吃到，所以地域特色十分明顯。莊蕾試著做出前世在外地喝過的瓦罐煨湯，瓦罐煨湯也適合做藥膳。

另一邊則是一口滾沸的湯鍋，莊蕾揭開鍋蓋，一股混合牛肉鮮香和藥材香氣的味道隨著蒸氣騰空而起，立時瀰漫開來，許多路過的人都被這種特殊香味吸引了。

這又是一種地方特色料理，莊蕾記得前世去外地交流時，當地的醫生請她品嚐牛肉湯，據說很是滋補養人。

她一踏進那條街，就被那股淡淡帶著當歸香的悠遠苦味吸引了。

眾人知道她出身中醫世家，喝湯的時候考她，湯裡有哪些藥材？

湯裡藥材多，想全猜中很難，偏生她是從小跟藥材打交道的人，細數牛肉湯中放的中藥材，弄得店主滿頭是汗，幫她多加了三塊牛排骨，請她閉嘴。

回家之後，她執拗地想自己做來喝，藥材比例卻一直不對，尤其是當歸的用量，一多湯就苦了，少了香氣不夠濃郁。那陣子她不知喝掉多少牛肉湯，才琢磨出那股聞著有藥香，喝在嘴裡卻是鮮美的味道。

沒想到，穿到了書裡，不過試了兩回，就完美地做出那種滋味，甚至更加鮮美。當歸真是很神奇的藥材，入湯些許，特有的香氣便讓人記憶深刻，無法忘懷。

美食如美人，美人不僅要好看，還要有特色，否則如網紅臉，讓人看過就忘記，也只能引領一時的潮流。美食也是如此，光是好吃不夠，還要能讓人久久無法忘懷，在記憶中有特別的存在。

所以，莊蕾選了這道湯當鎮店招牌。當歸的藥香，最能代表藥膳的味道。

接著，莊蕾在案板上切了牛肉和牛雜，加了一大碗湯，另外從大瓦罐裡取出一只小瓦罐，要陳照送去給聞先生。

陳照端著托盤走進壽安堂，叫了一聲。「聞先生，嫂子要我來送湯。」

「先放在裡面的飯桌上。」聞先生喊了一聲，對後面的病人說：「各位等一等，我們祖孫先去吃個飯再過來。」

原本眾人倒是無所謂，郎中也是要休息吃飯的。但現在聞到了牛肉湯的香氣，肚子都餓了起來。

「聞先生，您去吃飯了，那咱們就乾等著？」

聞海宇說：「不如排個號？下午回來的時候，按照順序來叫？」

如此一來，聞海宇幫剩下的病人編號，有人問：「下午什麼時候開始？」

「未時一刻開始行不？」聞先生說道。

大家便應了，有錢的跑去隔壁鋪子，沒錢的默默地拿出了乾糧。

餓著肚子的客人進了鋪子，來一碗牛肉湯，加上一碗飯，店家還送一道炒茄瓜，暖暖地下肚，就舒坦多了。

要是還想多吃些，可以讓櫃檯的人從瓦罐裡拿出小罐的湯，氣虛的人用太子參燉雞，血虛的選紅棗燉羊肉，肺陰虛的嚐嚐陳皮燉老鴨，還有誰都能吃的蓮藕排骨湯。

客人們以為牛肉湯已經是一絕，沒想到小瓦罐的湯鮮肉爛，別有一番滋味。

小小的鋪子就那麼大，一下子湧進這麼多人，沒一會兒又排起隊來，忙得陳家一家子空不出手腳。

等不及的客人，索性直接要了瓦罐湯，席地而坐，端著飯碗吃起來。

生意這般紅火，瓦罐煨湯很快售罄，沒買到的人難免有些敗興，問：「明天還有嗎？」

「自然有的。」

莊蕾和陳照提了兩個木桶出來。陳熹瞧見，便進去拿大盆子，盆子裡是塞得滿滿當當的竹罐。

莊蕾招呼在門外咀嚼乾糧的父子。「進來喝口熱茶。」

她舀了一勺茶裝進竹罐裡，對他們說道：「孩子嘴唇淡，身體寒，適合艾葉糖茶。大叔身體看起來挺好的，就喝茶水吧。」

父子倆接過，喝了一口，孩子驚喜。「甜的！」

「茶水請大家喝，喝過的竹杯放進旁邊的籃子，一個人用一個杯子，不要重複用。等下咱們會收起來洗，還要拿進去煮的。」

眾人聽了，覺得很是新鮮。這個時代，誰會為了喝口水分杯子？

莊蕾說：「咱們鋪子開在藥堂隔壁，所謂病從口入，禍從口出，所以我這裡的碗筷收進去後，不是洗過就拿出來，還得放在鍋子裡煮過，明天才能用。」
大家聽了，不免感嘆，到底是做郎中的，就是講究，對這間小鋪子更多了幾分好感。
下午，莊蕾跟著家裡人一起收攤。一天只賣早晨和中午的吃食，便足夠了。
陳照興奮地說：「嫂子，明天我們要不要多準備些？」
「不用太多，看上去總是差那麼一丁點就行了。」莊蕾說道。
如果賣得好，不用一下子滿足客人，應該吊胃口。更何況，鋪子剛開業，以後還需要根據人數來調整食材跟藥膳的數量。
申時，莊蕾又站在鋪子前，把食材放在案板上。還沒等她敲鑼打鼓招攬顧客，已經有人停下來，好奇地靠過去。
「莊娘子，還有晚飯啊？」說著，便有人來排隊了。
「不是。」莊蕾忙擺手。「我想利用鋪子，幫大家講講適合各種毛病的藥膳，病是靠三分治、七分養的。對了，今天是初幾？」
「初三。」
「行，以後逢三和七，咱們鋪子就在這裡教大家做藥膳。雖說不能治病，至少可以減輕症狀。」
莊蕾本就長得好看，這時站在案板前，一身藍布衣衫，外面罩著圍裙，頭上用藍花布的巾幗包頭，臉上帶著笑，更是讓人心生好感。

有人問道：「現在開始嗎？」

莊蕾往前看去，見陳熹已經帶黃家的嬤嬤過來，朝他們點點頭後，揚聲招呼聚集過來的客人。

「咱們開始吧！」

第三十三章　藥膳

「各位街坊鄰居好，我家剛從鄉下搬到城裡，沒什麼營生，所以想著開一間小鋪子賣賣藥膳。我沒別的本事，就是懂些醫術，熟悉藥草。藥膳不是藥，卻能調理身體，以後每月逢三和七，我會來鋪子，教大家認識一些病症，以及兼具養生的藥膳。」

莊蕾說完開場白，接著道：「我今天要講的病症是消渴症，得了這個病，會……」簡單說了一下糖尿病的危害。

「今天教大家做的藥膳，叫毛冬青杞子菟絲子豬瘦肉湯，對消渴症病人很有幫助。我們先來認識幾樣藥材。」

莊蕾拿起一根枝條，上面有一顆顆紅色小果實，在綠色葉片映襯下，很是惹人喜愛。她將枝條遞給一旁的看客，道：「這是毛冬青。」又舉起一根藤蔓。「這是菟絲子。」也給其他看客瞧瞧。

「這兩樣藥草，都是平時在田間地頭就能看到的。毛冬青正是這個季節產的，挖出根曬乾來用；菟絲子則是取它的籽。」

莊蕾說著，拿起手裡的枸杞子。「這個，大家都認識吧？」

「枸杞子嗎？」

「對！」

「還有這個黑乎乎的東西，叫熟地。熟地就別想著自己去挖、自己去採了，這種藥材會變成這顏色，是因為要用砂仁、黃酒等其他藥材反覆蒸曬才行。去隔壁壽安堂買上一兩，用不了幾個錢。」

「莊娘子，妳讓咱們自己去採藥，不是讓壽安堂沒了生意嗎？」

「這位大叔，若是富貴人家，肯定不在乎這點錢，嫌麻煩就買了。會想自己採摘的，便是手頭不寬裕、單靠幾畝薄田過日子的人家。家裡有病人，日子定然更不好過，能省一個錢，就省一個錢吧。」

莊蕾回答完，便開始教大家做藥膳。「這道湯要用毛冬青半兩、菟絲子兩錢……先把所有藥材稍加浸泡。」

她將乾藥材一一放進碗裡，用水浸泡，拿起一塊豬肉。「還需要半斤瘦肉。不要帶肥肉，不用切塊，直接放進砂鍋。」

砂鍋架在小爐子上慢慢燉，莊蕾讓陳月娘端出另外一口砂鍋。

「要燉一個時辰左右，最後加鹽調味。因為花的工夫長，所以我先做好了一鍋，大家可以來嚐嚐。」

「我們能吃嗎？」

「按理是要對症，但吃一點不會有壞處，裡面的藥材對大多數人也好。」

一小鍋的湯，一下子就分了個乾淨。有藥材的味道，但也不乏湯的鮮香。

這時，陳月娘把替黃家祖孫準備的食材拿過來，莊蕾處理發好的海參，陳月娘把蕎麥粉和麵粉混在一起，開始和麵。

兩個年輕女子站在一起做菜，看著賞心悅目，原本要散去的人群紛紛駐足。

莊蕾先把海參蔥燒，放上小爐煨著，然後一雙白嫩小手飛快撕著芹菜梗子，再將胡蘿蔔切絲，汆燙之後，倒入調好的醬汁，紅配綠看起來清清爽爽，放在一旁。

她取出剝好的白果，切了藕片和萵筍片。白果的黃，藕片的白和萵筍的綠配在一起，也是賞心悅目。

陳月娘做好蕎麥麵，莊蕾下了麵條，再撈起放進冷開水裡過水，盛在盤子裡。

接著，她拿了兩只白瓷小碗，在碗裡放了兩小團蕎麥麵，各添上一隻海參，又澆了一勺燒海參的汁水，再用小碟子裝素菜。最後拿了湯盅，舀了一碗毛冬青菟絲子瘦肉湯。

飯菜都做好了，莊蕾拿出黃家的食盒來裝，再從門口的大瓦罐裡取出一只小罐子放進去，交給黃家的嬤嬤。

「罐子裡是太子參燉雞，給大少爺吃，補氣養精；瘦肉湯給老太太喝。其他的菜一起吃無妨，比如海參，味甘鹹，補腎經，益精髓，對消渴症也有好處。如果老太太餓，可以給她半顆蘋果；大少爺能吃蘋果跟橘子，適量即可。」

莊蕾囑咐完，黃家的嬤嬤謝過，提了食盒回去。

做完藥膳，一家人過來收拾，蒸煮碗筷。這間鋪子看上去不大，其實經營頗耗費心力。幸虧一天的辛苦還算值得，賺了八兩多銀子，扣除本錢，有二兩多的利潤。

張氏笑開了花。「這樣下去，一年也有六、七百兩的進項，比種地多很多啊。」

「娘，您別想得太好。今日是開張，肯定熱鬧些，以後如何維持就很重要了，說到底，得一直有真材實料，而且推陳出新。幸好咱們的特色就是藥膳，旁人學不來的。」

「嫂子說得是。今天也有些忙亂，我們還需要商量商量，讓事情變得有條不紊。」陳熹道。十幾歲的年紀不過是個半大孩子，卻有很多的想法。

一家人同心協力想做好一件事，想讓彼此的日子過得更好，哪怕都是四更天起來忙碌，也甘之如飴。

小鋪子開得紅紅火火，莊蕾上午坐堂，下午製藥，隔三差五教人做藥膳，讓人耳目一新，原來養生也有很多美食能吃。

莊蕾幫黃老太太做完一個月的晚飯，黃老太太想請她做第二個月，卻被拒絕了。

青黴素的進展很不錯，莊蕾有意將做藥膳的活計交給陳月娘，她得把工夫放在新藥的研製上。

站在巨人的肩膀上，可以看得更遠。有了前世的記憶，就不是從零到一的過程了。

莊蕾根據不同青黴菌的生長情況，跟著聞海宇做了不同的紀錄。就算是同樣的藥材，因為產地不同，藥效也會差很多。

根據黴菌生長情況和顏色，在沒有顯微鏡的情況下，莊蕾將目前得到的青黴菌分成五個品種，分開萃取。三個菌種有效，兩個菌種完全無效，但已經讓大家覺得很興奮了。

接下來，就該進入臨床試驗。這個時代，其實沒有試驗之說，大多數的人家都知道重病病人不過是死馬當成活馬醫罷了，真的治不好，還能怪郎中不成？若遇上不講理的人，定要砸招牌，郎中也只能認砸。

但剛做好的藥沒辦法直接用在病人身上，莊蕾先用兔子試驗，見兔子身上的膿腫消退，才能在病人身上試驗，但是她還是希望能告訴病人。

「爺爺，我是這樣想的，這種藥最對症的就是肺癆。我們先招兩個肺癆病人，讓他們免錢飲用新藥，一個月之內應該可以看出效果。如果有效，我們就需要安排下一步了。」

聞先生問道：「妳有什麼想法？」

「等有效果了，我們是不是可以找黃老太太商量，讓黃家出資，跟我們合股開藥廠，生產這種藥？要把我們能治癒肺癆的名氣打響，有了名氣，又能大量產出，我們便可以打著壽安堂的招牌，把藥交給其他藥堂賣。」莊蕾問道。

「讓其他藥堂賣？」

「嗯，如果藥很有效，肯定有人願意進貨。而且我認為，這個方子不會保密太久，畢竟身為醫者，我們也希望更多人被救治，怎麼能用新藥來牟取暴利呢？」

「這個不是我擅長的。」聞先生沈吟。「這間壽安堂，還是在黃老太太鼓勵之下開的。若是能和她合開藥廠，也算是我回報她當初的提攜之恩了。」

「如果我們能更快地大量生產這種藥，且保證一般小作坊做的藥效沒有我們好，藥價還比我們貴，他們就沒辦法從此獲得利益。如果藥效真的很好，我們的藥很快會有仿冒品，我想在被仿冒之前做好準備，公開配方。但那個時候，大部分人會認定我們的才是正宗，我們只要賺這一塊就好了。」

莊蕾看著聞先生，見他沈默不語，就說：「爺爺，我不是非要公開方子，可是這種效果好、適合醫治多種病症的藥，真的不適合放在自己手裡。」

「這個我自然知道，若真是好藥，我們肯定不能保密太久，到底是能救更多的人要緊。」聞先生盯著她看。「我只是奇怪，妳一個小丫頭，除了藥，怎麼還懂那麼多？」

前世莊蕾是製藥公司老闆的女兒，耳濡目染之下，對於相關運作，自然懂得很多，便撓了撓頭。

「我想讓更多病人得到醫治，而且多少要賺錢的，咱們畢竟也要吃飯啊。」

「聽妳的。」聞先生點頭，又問莊蕾。「這個藥叫什麼名字？」

「既然青黴是從橘子上刮下來的，就叫聞氏青橘飲？」

聞先生笑了一聲。「這怎麼成？這是妳的方子，怎麼能冠我的姓？這東西若是用得好，以後可以揚名天下。」

從這些話便能聽出聞先生是個實誠人，莊蕾也笑了。「我是您的徒弟。您不會不認的，對嗎？」

「只能說我倆可以互相切磋技藝。」

「若對外頭來講，是不是這樣？」

「沒錯。」

「以後我以您的名頭行醫，相信以我之能，定然能有一番作為。不如，將青橘飲說成是您帶著我和海宇兄一起研製的？海宇兄是聞家醫術的繼承人，以後我們一起把聞氏壽安堂做成金字招牌，咱們都可以在這棵大樹底下乘涼不是？」

「有道理。」聞先生點頭。「這件事，以後我和海宇都聽妳的。」

莊蕾愣住，叫了聲。「爺爺！」

聞先生打斷她要出口的話。「說回驗證藥效的事。我們先找幾個癆病的病患試試？」

「嗯！」莊蕾應了，心裡暗暗記下這份感激。

壽安堂招肺癆病人試藥，要求三十歲到四十歲左右的人，而且已經開始咯血的。

壽安堂本就有名，肺癆又是不治之症，多半只能靠提高免疫力來活命。古代提高免疫力的方法是什麼？就是把人參當蘿蔔一樣吃。

他們很快就找到了適合的病人，聞先生在壽安堂後面選出一間房，整理成肺癆的診室。

果然如莊蕾所料，時間變得急迫，一邊改進培養基、一邊繼續尋找新的菌種。前世青黴素的高產菌種是在甜瓜上發現的，所以她不放棄一切可以黴變的食物。

這日，莊蕾正和聞海宇觀察黴菌的生長，聽見外面有人在喊她。

「莊娘子，縣令府上來人，請您過去替老夫人診脈。」

雖然這裡不能做成無菌室，但莊蕾還是盡可能地要求乾淨，減少雜菌生成。她撩開簾子，在中間的隔間裡脫去身上的罩衫，出去換了鞋子，跟著夥計去藥堂。

榮嬤嬤親自過來，一見莊蕾就說：「莊大娘子快跟我走，我家老夫人病危！」

「老夫人？」

「是我家奶奶的母親。」榮嬤嬤焦急地回答。

聞先生把藥箱遞給她。「我先問過了，蘇老夫人得的是背疽。」

莊蕾接過藥箱。「走，路上說。」

背疽之說，在莊蕾的前世裡，中醫典籍中有很多記載，野史小說上更是氾濫。成語吮癰舐痔，說的就是鄧通用嘴為漢文帝吸膿血，因而得到富貴。聽說明代大將徐達也是死於背疽，他有背疽的舊疾，朱元璋卻賞了一盤鵝肉給他。鵝肉是發物，徐達自知皇帝要他的命，吃下鵝肉就死了。

莊蕾看書時，一直把徐達的死當作陰謀來看，這恐怕是鵝肉裡有毒吧？背上長了個大一點的、深一點的火癤子，何至於要人命？

聞先生在馬車上說道：「每年插秧時節，因日頭毒辣，人曬傷之後熱毒淤積，化作膿瘡，總會死幾個人。膿瘡不因大小而不同，有時候黃豆大小的膿瘡，也能要了人命。」

「怎麼要命？」莊蕾問。

「寒顫、高熱，身上有瘀斑，乃至關節腫痛。若是出現這些症狀，多半就是不治了。」

莊蕾一聽，立刻會意，這是敗血症。是她傻，怎麼能用前世的思維去想事情？若是前世，開一支預防皮膚感染的抗生素藥膏就能解決的事，在這個世界卻有可能讓人喪命。

接著，莊蕾聽榮嬤嬤絮絮叨叨說起事情的經過。

蘇清悅難產的消息，經由書信傳進了京城，蘇老夫人想著女兒一個人在外，十分不捨。剛好又碰上麗妃娘娘因乳岩過世，蘇老夫人白髮人送黑髮人，心中更是疼痛。

蘇清悅恢復得不錯，蘇老夫人原本沒必要親自來。但經歷了一次喪女之痛後，便決定來這裡看看小女兒。

蘇老夫人背後有個疽，長了兩年，之前破潰流膿之後，就一直有個硬硬的東西在，要是休息好，不吃辛辣的，不痛不癢；吃了辛辣的，就開始疼痛難當。後來再次流膿，請了太醫來看，吃了許多藥，總也不見好。不過一直流膿，疼痛卻減輕了。

這些日子，蘇老夫人又是悲傷、又是牽掛，寢食難安。走到半路時，背疽開始刺痛，令她坐立難安，隨即便病倒了。

太醫院周院判的徒弟許太醫外放淮州，隨行的蘇家僕人請他來看蘇老夫人，卻說已經沒救了。

蘇清悅聽到消息，又驚又急，趕緊派人去接應蘇家的車隊，讓榮嬤嬤去請莊蕾，好及時醫治蘇老夫人。

莊蕾聽完榮嬤嬤的敘述，抬起頭看聞先生。「這種病狀，可以用我們的青橘飲醫治。」

聞先生沈吟。「是嗎？除了青橘飲，我也琢磨出一個方子，搶回來的人二中有一。但是，這方子太烈，萬一熬不過去，當晚就沒了命。」

「什麼樣的方子？」莊蕾問道。

「茵陳一兩、黃芩一兩、滑石一兩、竹茹五錢、藿香五錢、細辛三錢……」

「細辛要三錢，這個方子也太猛了吧？」

車子到了縣衙，莊蕾一邊下車、一邊跟聞先生聊。

「一般用藥，細辛不能超過兩錢，但這是非常之症。細辛能止痛、回陽，所以我在這個方子裡用了三錢。」

細辛有小毒，用量這麼大，可能造成非常強烈的副作用。

她靈機一動。「爺爺，細辛減少為兩錢。我們可以改加柳枝一兩半，會讓藥更溫和。」

柳枝主治風濕痺痛、小便淋濁、風疹、疔瘡、丹毒、齲齒等等，與細辛藥性相反。細辛發熱，柳枝苦寒，但兩者都具有抗菌作用。另外，柳枝還能退熱。有時候，用藥就是需要不拘一格。

聞先生看向莊蕾。「用得妙，我竟然沒有想到。」

莊蕾笑了笑，聞先生想不到是正常的，她是從柳枝裡的有效成分水楊酸想到的。前世常用的阿司匹靈，就是水楊酸的衍生物。

第三十四章　背疽

一行人到了縣衙後宅，榮嬤嬤進去就問：「蘇老夫人可到了？」

「剛剛進房間。」

榮嬤嬤忙招呼聞先生跟莊蕾。「兩位快請。」

兩人跟在榮嬤嬤身後進了內宅，朱縣令和蘇清悅已經站在垂花門外等了。

「聞先生，莊大娘子。」朱縣令先打了招呼。

蘇清悅抓住莊蕾，手指冰涼，還在顫抖。「妹妹，我娘她……」一開口便泣不成聲。

莊蕾拍了拍她。「莫慌，先進去瞧瞧。路上和聞先生討論過病情，應該還有機會治。」

蘇清悅一個勁兒點頭，眼淚不停落下。

朱縣令拉她過去。「妳不是說，至少要等聞先生和莊大娘子說不行，才會死心嗎？」

已經到這種地步了？莊蕾皺眉看聞先生一眼，發現他也在皺眉。

兩人進了內室，有個清瘦的婦人站在床邊，法令紋深刻，讓人想起嚴厲的小學老師。

朱縣令介紹道：「綠蘿姑姑，這是遂縣名醫聞先生和他的愛徒莊娘子。」

「聞先生，莊娘子。」綠蘿姑姑向他們打招呼，神情板正而端肅。

莊蕾發現，聞先生略微點頭之後，臉色有些不好看，原因是那婦人的旁邊，有一位年紀大約五十出頭的男子，一張圓臉，看上去很斯文。

朱縣令又道：「這位是之前替我岳母看病的許太醫。」

聞先生抱拳。「許太醫。」

莊蕾不禁嘀咕，朱家夫妻若是要換醫生，也不能把新舊醫生放一起，同行相輕啊。太醫看不好的病，縣城郎中卻看好了，那太醫多沒面子？只是，現在也不能說什麼了。

許太醫長相斯文，架子卻不小，也不回禮。「朱大人，這就是你請的名醫？」話語之內盡是嘲諷之意，感覺和聞先生相識。

聞先生笑著說：「許太醫，歷來有會診之說。若蘇老夫人的病情當真嚴重，何不讓我們一起診治？」

許太醫上上下下打量聞先生一番。「一個參禪的野狐，也敢來跟我說會診？朱大人，老夫人病危，已經藥石罔效。您病急亂投醫，我也沒什麼好說的。讓他們治病，不過是徒增老夫人的痛苦罷了。」

朱縣令夫妻之舉，果然惹毛了這位許太醫。

「你沒見我們治過，怎麼知道我們治不好？」莊蕾走上前。「同行相輕，也不用輕到這般地步。山外有山，人外有人，你不知道嗎？」

「哪裡來的小丫頭，敢跟我這般說話？妳問問你們這位聞先生，他配得上山外有山？跟個街頭賣藝的似的，靠著招搖撞騙，也敢充名醫？」

許太醫這麼說，聞先生卻不為所動。

但這些話讓莊蕾不高興了，她非常敬佩聞先生對醫學的嚴謹態度和寬廣胸懷，單憑這個許太醫如此尖酸的言語，兩人高下立分。

「天分不是最重要的，這個世界上多的是勤奮的人後來居上。我不知道你們之間有什麼過節，但是你用幾十年前的眼光看人，足以證明，你的醫術也很難有進步。你治不了的病，不代表我們治不了。」

論氣勢，前世她也是上過國際論壇的。聞先生這樣謙虛的醫者，他開的方子高明不高明，難道她還看不出來？

雖然被莊蕾說得一愣，許太醫卻哈哈一笑。「聞銳志，你無能也就罷了，至少還謙遜。這麼個黃毛丫頭，居然敢在這裡大放厥詞？」

「在你面前，這孩子應該還不用謙遜。」聞先生笑了笑。「我先幫老夫人搭脈。」

莊蕾點頭。

聞先生走上前，卻被綠蘿姑姑擋住，綠蘿姑姑為難地看向蘇清悅。「五姑娘。」

蘇清悅擦了擦眼淚。「許太醫，我母親當真回天乏術了？」

「朱夫人，若您不信我，何必多此一問？」許太醫的臉色很不好看。

「我並非不相信您，您權當我是死馬當活馬醫了。聞先生請。」蘇清悅對著聞先生福身。既然許太醫已經斷定，現在她找其他人看，也無可厚非。

許太醫指著聞先生，對蘇清悅說：「朱夫人，您知不知道，這位聞先生曾經罔顧人命，治死過人？要不然怎麼會混不下去，回到遂縣這種地方，還真當自己是名醫了。」

莊蕾未曾聽聞先生說過，想來是他年輕時候的事了，在這個時候提，完全沒意思。

蘇清悅看許太醫一眼。「現在母親身邊只有我，我就替母親做主了。聞先生請。」

聞先生坐在凳上，隔著羅帳，替蘇老夫人把脈。

許太醫問蘇清悅。「朱夫人，您決意如此？」

蘇清悅並未回答，轉頭問聞先生。「母親如何了？」

聞先生沈吟。「脈象浮數，熱毒淤積已入肺腑，確實是危重之症。」

許太醫冷笑一聲。「能看出這個脈象不稀奇。」

聞先生沒接話，起身退開，招手讓莊蕾上前。

綠蘿姑姑目光一掃，莊蕾笑了聲。「這位姑姑，請掛起羅帳，我要觸診。」

「綠蘿姑姑，我叫莊娘子來，正因她是女子，能幫母親仔細檢查。」蘇清悅過來說道。

綠蘿姑姑聞言，這才用鉤子勾起羅帳。

莊蕾見蘇老夫人側躺著，神色痛苦，雙眼緊閉，道：「面色豔紅，呼吸沈重。」說著，探查額頭和手心。「惡熱，手心發燙。」又扳開嘴巴看舌苔。「舌紅苔黃，有口臭。」

「皮膚破潰？脈象可是肺癆？」聞先生問道。

還沒等綠蘿姑姑回答，莊蕾便搭上蘇老夫人的脈。她對肺部疾病太熟悉，肺部有感染，但不是原發病灶。

「應該是癰疽，或者其他皮膚潰爛，不是肺病，但病症已經蔓延到肺。」

這話一出，莊蕾的眼角餘光瞥見許太醫神色一緊。一個太醫院的太醫，見識能比她這種待過大城市，去過小鄉村，做過國際交流，去過國外支援的人廣博？

綠蘿姑姑立即換了臉色。「夫人的癰疽在背上。」

「爺爺，等我幫老夫人看過癰疽，再出來商量？」莊蕾先問聞先生，再看向蘇清悅。

聞先生點頭，莊蕾說道：「男子迴避。」

男人們全部出去，綠蘿姑姑解開蘇老夫人的衣衫，衣衫裡墊著厚厚的帕子，傷口已經滲出膿液。

蘇清悅看了，用帕子捂住嘴，嗚嗚的哭著。

莊蕾從藥箱裡拿出特製的鑷子，揭開覆蓋在背疽上的帕子，膿成黃綠色，膿血已經和皮膚結在一起。雖然蘇老夫人昏昏沈沈，此刻也禁不住疼得叫出聲來。

古代沒辦法做細菌檢驗，幸好製出了青橘飲，應該對症，可見她和聞先生判斷得沒錯。

看莊蕾放下手，蘇清悅過來拉住莊蕾的胳膊。「花兒，我母親……」

「出去跟聞先生商量，應該還有機會。」莊蕾拍著蘇清悅的手安慰道。

莊蕾出了房門，聞先生問她。「怎麼樣？」

「背上有癰疽，膿不瀉爛筋，筋爛而傷骨。如今膿毒已經進入血脈。」莊蕾回答。「即便這樣，我依然想試試，想聽聽您的意見。」

「妳說。」

「先切開癰疽，剔除腐肉，再用青橘飲清熱解毒。接下來服用湯藥退熱，助青橘飲祛毒。最後用去腐生肌散，讓肌膚重生。但目前狀況危急，這樣做也不過五成勝算。」

「可以。我開藥方，妳準備替老夫人切除癰疽。」聞先生又向朱縣令解釋。「大人，我開的方藥性劇烈，也是生向險中求之意。」

朱縣令看蘇清悅，蘇清悅點了頭，便說：「用藥！」

聞先生提筆開方子，莊蕾囑咐蘇清悅。「既然決定了，那就安心。讓人清空一間房間，打掃乾淨，準備一張榻，把老夫人抬到榻上俯臥。另外，將新的棉布條子放進鍋裡煮半個時辰，架在炭火上烤乾。再多燒些水，加鹽放涼，我等下要用。」

蘇清悅立刻安排人去辦，但到底是又急又怕，說得有些顛三倒四。

聞先生開好方子，卻被許太醫抽走了。

許太醫細細看了，神色冰寒。「聞銳志，你知不知道自己開的是什麼方子？蘇老夫人的身體，哪裡禁得起這樣的猛藥？醫書有言，細辛只可少用，而不可多用，亦只可共用，而不能獨用。多用則氣耗而痛增，獨用則氣盡而命喪。」

「我知道。」聞先生淡然抬頭，又低頭寫下其他要用的方子。

「你可真大膽，當初治死人，難道已經忘了？」許太醫逼問聞先生。

綠蘿姑姑聽見這話，側過頭瞥向聞先生。

莊蕾見狀，出聲道：「背疽之初，如果有人能切開傷口，挖除病灶，何至於如今毒行全身？老夫人落到現在的境況，難道不是因為京城太醫畏手畏腳而致？

「到了這個地步，要搶回人命，自然要冒險。這種時候，你有什麼臉面說別人？為什麼要阻止我們救人？無非是怕我們治好了，讓你顏面盡失，但面子比人命重要嗎？」

身為年紀大、有資歷的太醫，許太醫的醫術何曾被人這樣批評，怒道：「妳血口噴人！我不過是可憐老夫人，臨去前還要受這樣的罪。」

聞先生從許太醫手裡抽過方子，交給朱縣令。「朱大人，請派人速去我的藥堂找我孫兒抓藥。」

他說完，又對許太醫道：「能不能治，盡我心力。你若是對藥方有什麼改動，我聽著；想阻止我救人，那就罷了。」

朱縣令點頭。「只能仰賴聞先生了。」

這句話一出，許太醫的火氣立即從鼻孔裡冒出，這可是對他太醫頭銜的挑戰，語氣激動起來。

「聞銳志，你知不知道老夫人乃是一品誥命，若是有個好歹，你擔得起這個責任？以前你開的方子吃死了人，你忘了嗎？」

聞先生忍無可忍了。「你一直提當年的事，既如此，咱們就把事情拿出來聊聊如何？只要我其中哪一句說得不對，你盡可以反駁。」

他說著，站直了身體，與許太醫對視。「當年蔡大官人中腑，半身不遂，你給他開了藥方，說他只能如此。蔡家人找上我，我也知蔡大官人恢復的希望渺茫，在蔡家人懇求之下，去為他做最後的醫治。

「在這之前，我治好過你說無救的病人。當你聽到我在救治蔡大官人，就去找蔡家人，以幫蔡家人辨別方子為由，看了我的方子。

「急症開猛藥，但你說蜈蚣用量過大，要他們減半。蔡大官人喝了藥，我幫他艾灸，卻不知方子已經更改，導致蔡大官人不僅沒有好轉，病勢還惡化了。」

許太醫反駁。「你用的蜈蚣是一般用量的三倍，蔡大官人那樣的身體，如何禁得起？」

「那是你以為，不是我的辯證。在這樣的情況下，你師父周院判出面，判定是我出了差錯。蔡家人聽信你的言語，將恨意全部撒到我頭上，到處說我治死了蔡大官人。」聞先生厲聲問道：「今日，你還想故技重施？」

「我只是請你不要為了你的一己之私，拿病人開玩笑。你言之鑿鑿，好似當日用了那麼多蜈蚣，就一定能救回蔡大官人似的。」

「這當然是未必，畢竟蔡大官人已經病重，我不過是盡力而已。可是，哪怕你用這樣的手段讓我含恨出京，天長日久，這些事情也沒有必要怨恨一輩子，權當是你我之間對於醫術的見解不同。但是你今日故技重施，究竟是何道理？」

聞先生說著，神色間隱隱有了厲色。

第三十五章　賭約

莊蕾聽到這裡，才知道聞先生當年受了多大的冤屈。身為醫者，他只是在盡最後的努力罷了。

「聞銳志，我完全沒有私心，不過是出於醫者對於病人的同情。今日，你若能治好蘇老夫人，我願意向你一跪三磕頭，跪在你面前認錯。但我還是勸你，不要為了自己的私心，不顧病人的痛苦。」

許太醫說的話太過自以為是，莊蕾實在無法接受，站出來看向蘇清悅。

「清悅姊，那日妳子癇發作，也是危急萬分，產婆不敢直接拉出孩子。我和聞先生也是抱著姑且一試的心思，從頭到尾不曾放棄，加上妳未曾發生心衰，這才逃過一劫。

「許太醫的話，聽著什麼都對，但唯一要說的就是他治不了的病，別人也不用治了，因為治不了。」

莊蕾說完，對許太醫道：「不與你多囉嗦，就一句話，一跪三磕頭，認不認？」

「自然是認！」許太醫應下。「若你們治不了呢？身為醫者，你們一意孤行害了病人，該當如何？」

聞先生笑了笑，看著許太醫。「雖然這病是與閻王爺搶人，但我要是救不回蘇老夫人，願意從此不再行醫。」
「你這個年紀不行醫算什麼？聞家的後輩也不能行醫，如何？」
這就太過分了，是要斷了聞家行醫的路啊！
莊蕾想站出來阻止，聞先生卻道：「妳先去準備。這是我們之前的舊帳，讓我處理。」
「爺爺！」
聞先生問許太醫。「若是你輸了，便在淮州醫局當眾賠罪如何？」
許太醫咬牙。「好，就這麼辦！」
「那行，我們簽下文書，到時候誰也不要抵賴。」聞先生說道。
這時，丫鬟來稟報，需要的東西準備好了，請莊蕾過去。
莊蕾去了隔壁的屋子，將自己的頭髮全包起來，手徹底洗乾淨，再泡進烈酒裡。
外面的門被打開，有腳步聲傳進來，是榮嬤嬤的聲音。
「爺，奶奶，你們不能貿然行事啊。你們想救老夫人的心是好的，可萬一有個好歹，到時候相爺跟大爺、三爺那裡怎麼交代？老夫人是奶奶的親娘，但不是奶奶一個人的親娘。」
「嬤嬤，您不要勸我了，我不能眼睜睜看著母親就這麼死了，總要試試。而且，聞先生和莊大娘子沒說不能救，他們都願意救，我怎麼能放棄？如今能替母親拿主意的只有我，若是母親有個好歹，我就一頭碰死陪了她去。」

「我的好姑娘，聞先生跟許太醫是賭氣呢。」榮嬤嬤有些氣急。「爺，您勸勸奶奶。」

朱縣令的聲音響起。「榮嬤嬤，凡事有我。妳看看安南侯家抱錯的那個孩子，也是被太醫院判定沒救，如今身體卻好轉許多，他的嫂子就是莊大娘子。

「現在若是不冒險，岳母怎麼可能有機會？拖死岳母，就是我們的孝心了？岳母也是為了來看清悅才病倒，我們不為她搏一搏，怎麼對得起她？若是有個萬一，我與清悅一起去向岳父大人與舅兄們賠罪就是。」

榮嬤嬤嘆息，腳步聲漸行漸遠。

莊蕾心想，她一定要治好蘇老夫人，這是為了幫聞先生洗冤，是為了朱家夫妻的孝心，也讓蘇府對她生出好印象，更是壽安堂和青橘飲揚名立萬的機會。

所以，許太醫勢必要成為她的墊腳石了。

莊蕾幫自已默默打氣之後，消毒切開膿腫用的刀具，聞海宇也按照清單送來物品。

莊蕾要進準備好的房間之前，看了蘇清悅一眼。「那就按照我們的方法來試了。」

蘇清悅點頭。

莊蕾進去，先在蘇老夫人手臂內側切開一個小口子，倒上一點青橘飲，做過敏測試。

兩刻鐘後，蘇老夫人運氣不錯，沒有對青黴素過敏，莊蕾便餵她喝下兩瓶青橘飲。

接著，莊蕾將聞海宇拿來的東西一一攤開，打算用針刺去痛。她和聞先生還在試麻醉藥，可目前看來，並不比針灸去痛更有效。

看見蘇老夫人的手抽動，莊蕾安慰道：「老夫人，我要為您除去背疽。現在已經針刺去痛，但還是會有些疼，您要略微忍忍。」

蘇老夫人點了點頭。

莊蕾劃開背部的血肉，膿血流出，用白布將膿血吸走，扔在一旁的瓷盤裡。她仔細地切除背疽和病變的地方，清洗傷口之後，倒上去腐生肌散，用絲線縫合，再用棉布遮蓋傷口。

這是個小得不能再小的手術，對於她這個前世動輒在人家胸膛上開上一尺來長切口的胸腔外科專家來說，當真是殺雞用了牛刀。

莊蕾處理完傷口，接過聞先生端來的湯藥，讓綠蘿姑姑餵給蘇老夫人吃。現在能做的，唯有等了。

「丫頭，今日咱們都別回去了，我在外室守著，妳在裡面守著？」聞先生問莊蕾。

莊蕾點頭。「好，我開張菜單，請師兄帶給月娘，順道幫我跟家裡說一聲。」

莊蕾開好菜單，交給聞海宇，便陪蘇清悅一起吃了晚飯。

蘇清悅不顧自己剛生完不久，一定要陪著蘇老夫人，誰都勸不走。

莊蕾笑了笑。「那咱們倆就一起陪老夫人吧，還能說說話。」

蘇老夫人一直昏昏沈沈，蘇清悅摸著她的手，絮絮叨叨。

「長姊剛走，母親又得知我生產艱難，一下子焦急上火，匆匆忙忙來看我，才病倒了。若是她有個三長兩短，叫我如何是好？」

莊蕾把手覆在蘇清悅的手上。「清悅姊，現在想這些也沒用。今天的藥方猛烈，得等老夫人緩過來，不如先趴著閉眼休息？」

蘇清悅搖頭。「我哪裡睡得著？母親沒醒，我怎麼能安心？」

「剛才老夫人試青橘飲，沒有出現不適，我的心已經寬了一半。老夫人得救的機會很大，妳先不要想那些。」

「花兒，妳不是騙我吧？」

莊蕾搖頭。「來的路上，我已和聞先生討論過。老夫人的病情，與我們想的差不多。」

蘇清悅道：「花兒，妳敢這樣赤誠以待，我真的很感激。要在高官家眷身上下猛藥，真的需要勇氣，太醫會怕，也是正常。為貴人看病，一個看不好，人頭落地，還可能連累家人。醫治我長姊的太醫，現在被派去了嶺南，瘴癘橫行，日日與中了瘴氣的人打交道。」

「去嶺南沒什麼不好。身為醫者，到哪裡不是看病？嶺南有很多的同類病人，多看看，找到最好的治法，也會提升自己的醫術。」

「妳真這麼想？」

「唯有不斷地接觸病人，才能精進醫術。我真的很佩服聞先生，他都這個年紀了，仍不考慮自己的名聲，全力救治病人，我要以他為榜樣。」莊蕾笑著說道。

「有你們在，我相信老天一定會讓我娘有好結果的。」蘇清悅抓住了莊蕾的手。

是夜，莊蕾趴在蘇老夫人床沿打了個盹，又起來餵她喝了兩瓶青橘飲，只希望這個時代的細菌沒有耐藥性，效果可以更好。

「莊娘子！醒醒！」

莊蕾忽然被人推醒，抬頭看見是綠蘿姑姑。「怎麼了？」

「妳快看看，夫人不好了！」綠蘿姑姑叫道。

蘇老夫人額頭上汗出如漿，莊蕾伸手搭脈，脈沈且細微，內心一慌，這是出現休克了。

「快去叫聞先生！」

綠蘿姑姑見莊蕾臉色不好，慌忙出門叫人。「聞先生！聞先生！」

蘇清悅也驚醒了，慌亂地問：「花兒，這是怎麼了？」

莊蕾沒回答，打開針灸包，對內關、足三里、湧泉等穴位強刺激。

聞先生進來，拿出針包道：「回陽救逆！」在蘇老夫人耳朵上找穴位扎針，扎完之後，出去端藥進來，對莊蕾說：「這是四逆湯合生脈散，撬開老夫人的嘴灌進去。」

莊蕾立刻灌藥，但蘇老夫人牙關緊閉，汗流不止，不知能不能邁過這個坎？

蘇清悅靠在朱縣令身上，用帕子捂住嘴，哭了起來。

莊蕾幫蘇老夫人撚轉金針的手也有些顫抖。病人的病情總是有各種不確定，這就是了。

聞先生抬頭看她。「丫頭，心定些，這是我們的藥還沒有完全發揮效果的緣故。只要救回來，就有希望。」

莊蕾點頭，到底這一世還是經歷得不夠，得拿出前世救治重症病人的態度來。這個時候唯一該做的，便是竭盡所能。

許太醫聽到動靜，從外面走進來。「我說了吧，老夫人的身體無法接受這麼猛的藥。對老夫人來說，是要了命的。」

莊蕾轉頭看他。「風涼話誰都會說，你現在可以滾了。」

朱縣令也來了。「許太醫，請到外面等著。我多謝您這些天的辛苦，但我岳母的病，讓聞先生來治。」

莊蕾側首，橫了許太醫一眼。

聞先生對莊蕾道：「專注些。」

莊蕾不理睬許太醫，繼續手裡的動作。因為緊張，她的額頭上漸漸冒出汗，流進眼裡，那鹹澀讓眼睛刺痛起來。

她眨眼，想抬手用袖口擦汗，卻發現有條帕子按了上來。轉頭一看，是蘇清悅。

「別心急，我等著。這種事情，誰也不願意看到。既然發生了，你們盡力就好。」

莊蕾點頭，收斂精神，再用針刺激蘇老夫人的穴位，感覺手上的金針發緊，更聚精會神地替蘇老夫人補瀉，漸漸止住了汗，呼吸開始平緩。再摸脈搏，不似剛才那般微弱了。

莊蕾欣喜地抬頭看聞先生，聞先生也是臉色一鬆。

接著，蘇老夫人呼出一口氣，眼睛睜開來。

聞先生上前把脈，點頭道：「應是度過難關了。」

莊蕾聽了，一把抱住蘇清悅，叫了一聲。「清悅姊，謝謝妳！」對醫者來說，最大的支持，就是病人與其家人的信任。

蘇清悅靠在她的肩頭上，也笑了起來。「傻姑娘，是我要謝謝妳，怎麼變成妳來謝謝我了呢？」

外面傳來更鼓聲，已經是四更天了。

榮嬤嬤端了點心過來。「奶奶，莊大娘子，喝口甜湯歇歇，這裡有我們看著呢。」

莊蕾吃了一碗銀耳羹，就被蘇清悅趕到榻上，閉眼小憩。

一會兒後，莊蕾醒來，去探蘇老夫人的額頭，不那麼燙手了，且呼吸平穩，便藉著要跟聞先生商量藥方，與聞先生一起用早飯。

莊蕾喝了一口小米粥，抬頭問聞先生。「爺爺，咱們算是贏了賭約。不過，我想問問，您是想快意恩仇了斷這件事呢，還是想要一笑泯恩仇？」

聞先生放下碗筷，看向莊蕾。「在哪裡行醫不是行醫。他們以為斷了我的前途，但於我來說，有病人的地方都是前途，我不願與他多糾纏。」

「若是這樣，我們能不能利用這件事推廣青橘飲？」莊蕾問道。

「怎麼說？」

「若是快意恩仇，我們就得罪了太醫院的周院判，因為當時趕走您的，其實是他。許太醫向您下跪，加上蘇老夫人病癒，只能說明一件事，當初是他們沒有讓您一試，才沒能救回蔡大官人，也算是為您洗刷冤屈了。

「如此，周院判肯定與我們結下不解仇怨。想來他在太醫院的勢力也是根深柢固，如果動用千絲萬縷的關係來打壓咱們，說咱們的青橘飲吃了會有問題呢？」

聞先生笑了笑。「小丫頭別賣關子了，既然有了想法，就說出來。」

莊蕾揚起嘴角。「跪還是要讓許太醫跪的，但要讓他跪得心甘情願，而且以後為我們所用……」

第三十六章 雙贏

吃過早飯，聞先生幫蘇老夫人搭完脈之後，推說壽安堂還有很多病人等著，讓莊蕾留下照顧蘇老夫人。

蘇老夫人睡到中午，睜開了眼睛，叫了一聲。「小五……」

蘇清悅喜極而泣，趴在蘇老夫人身上痛哭起來。

朱縣令站在一旁，看著自家娘子哭得天昏地暗，怎麼勸都不停，外面又有人來回稟。「許太醫要回淮州了，來向爺辭行。」

朱縣令聞言，出門相送。許太醫的品階不低，是七品醫官，又親自送蘇老夫人回來。雖然最後因為救治的事弄得很尷尬，也算是盡了情分。

莊蕾聽見動靜，跟了出去。

許太醫和聞先生的賭約，看似兩人之間的私下約定，實則牽一髮而動全身。此事勢必會引起當年蔡大官人死因的猜測，蘇老夫人被救回的事，就成了最好的佐證。

這下，丟臉不只是許太醫，還有他的頂頭上司及師父周院判。太醫院不僅一位院判，但周院判可是大津太醫的第一人。

聞先生是不是有冤屈，真相已經不重要，結論都會變成聞先生是被冤枉的。

如此一來，太醫院肯定會有大的動盪。畢竟在京城那個地方，官場的小圈子鬥得你死我活，這番波折也不知會怎麼收場。

許太醫的馬車已經在門口等著，莊蕾叫了一聲。「許太醫。」

許太醫轉頭看她，臉色鐵青。「莊娘子是來看老夫的笑話嗎？區區一個小輩，也能來羞辱我？」

莊蕾走上前。「也對，也不對，要看你怎麼想。許太醫，你是醫者，還是神棍啊？」

許太醫差點被她氣得倒仰。「妳是什麼意思？是羞辱我這太醫猶如神棍？」

「沒錯！」

這話一出，連朱縣令都皺了眉。他一直以為莊蕾是個伶俐人，懂得進退，今日何必為自己再結一段沒有意義的仇怨？

「妳這個小姑娘，有人生，沒人養的吧？」

「你這個太醫，是有人教，卻沒學進去的吧？若是我碰到一個病症，自己沒本事治好，但別人治好了，肯定會想方設法探聽怎麼治。你呢？只因為輸了賭局，就灰溜溜地走了。

「你的醫術僅止於師父教的，卻沒有舉一反三，也沒有對新藥、對新治法的好奇之心，更無博採眾長之意。可聞爺爺不恥下問，虛心學習，哪怕你當了太醫，他只是一個民間郎中，你依然不及他。」

本就因為輸掉賭約，心頭一口老血還沒噴出來的許太醫，現在被一個黃毛丫頭說成這樣，簡直氣壞了。

「妳欺人太甚！」許太醫身邊的藥僮先一步跨出來，捲起了袖子。

「你不求長進！」莊蕾似未看見那個藥僮作勢要打人的手，指著許太醫說道：「你光憑一張方子，就斷定有沒有效果，卻沒有去想，昨日除了方子之外，還有青橘飲，還有去腐生肌散，還有回陽急救之法。

「即便是方子，你也只記得方子裡的細辛用得太多，但你想過為什麼要加一兩半的柳枝嗎？兩種藥，一個溫陽，一個寒涼，為什麼要配在一起？你都不想了解一下？」

因蘇老夫人能脫險而心情複雜的許太醫，聽見這樣的話，血氣全湧上了臉。

「妳小小年紀就這樣嘲笑老夫？老夫開藥方的時候，妳還不知道在哪裡呢！」

「我不是嘲笑您，大丈夫拿得起，放得下。賭約歸賭約，但身為醫者，我們還會面對不同的病人。您身為在淮州的差派太醫，為什麼對可以治療反覆發作的癰疽的機會不感興趣？我很好奇。」

太醫院的醫官不是僅僅充當皇室貴族的郎中，也整理醫藥典籍，對傳染病進行記錄，這個時代還叫溫病。

許太醫為什麼會出京，是有緣故的。

他的醫術算不上高明，出身卻是極好，祖輩是太醫院裡的院判，小小年紀就跟在周院判身邊習醫。後來進入太醫院，也是順理成章的事，平時幫宮裡那些品階不高的妃子，或者是請不動名醫的京城官員家眷看病，熬著資歷一年一年升上來。

以許太醫的本事，不可能升得太高。再過兩年，周院判年紀大了，準備告老，離開之前想安置了這個徒弟。不然，等他一走，太醫院哪裡還能有許太醫的位置？

惠民局掌管方劑的吏目，就是周院判替許太醫選中的官位。惠民局主管對民間的藥材供應，尤其是有大的溫病流行時，就需要惠民局與地方官一起設法防治。

既然要和地方官往來，那這位置由外放過的醫官來坐，便名正言順。周院判又替許太醫選了淮州這個好地方，只要他平平安安幹滿三年，回去就能進惠民局了。

孰料出了蘇老夫人的事，如果許太醫在淮州醫局向聞先生下跪賠罪，那條完美的路就毀了，名氣和地位也全沒了。

而且，之前聞先生醫治蔡大官人的事也將被重新議論，定會連累他的師父周院判。

如今，許太醫是想死的心都有了。

「不要拐彎抹角，妳想說什麼就說出來。再怎麼樣，也輪不到妳來羞辱我。」

「這件事情可大可小，可以毀了你的前程，也可以成就一段佳話，端看許太醫選擇前者還是後者。」莊蕾淡淡地道。

許太醫看著這個臉還有些圓、稚氣未脫的姑娘，她的氣勢已經不輸宮裡那些成了精的貴人們，她在跟他談條件。

「什麼樣的佳話？」

「昨天的藥方，只能達到一半效果，另一半的效果來自壽安堂的新藥青橘飲。用保守的藥方，蘇老夫人活命的機會不足一成，而聞先生的藥方可以提高到一半。如果再加上青橘飲，成功的機會可能就有八成。」

莊蕾停了停，觀察許太醫的反應，見他果然在認真聽，便繼續說下去。

「而且，青橘飲能治的不僅僅是癰疽，還有肺癰和肺癆。我們是為了治肺癆，才研製了青橘飲。如果能治好肺癆，你一定知道這是什麼樣的功績，若其中有你的一份呢？哪怕是記錄也好，推廣也好。」

在這個時代，一個小小的感冒就可以引起肺炎，就可以要了很多人的命。能治肺癰和肺癆的藥，定能造福萬民。

許太醫深吸一口氣。「青橘飲真能治肺癰？」

「不一定，還在觀察效果。不過昨天蘇老夫人的反應，讓我有了信心。」莊蕾回答。

「即便妳這樣想，聞銳志會答應？再說，我為什麼要幫你們？」許太醫問。

「聞先生根本不想同你計較，是你咄咄逼人，他才和你立下賭約。如果我們都能為青橘飲的推廣做出貢獻，他自然不會計較。更何況，你該跪還得跪，必須為聞先生洗冤。

「之前你言之鑿鑿，一直說聞先生害死了人，難道就沒有一點點的心虛與愧疚？你就不覺得欠聞先生一個真誠的道歉？」

這些年，許太醫真的沒有心虛和愧疚，認為自己做得很對，周院判也說他是對的。這種亂七八糟的郎中，怎麼能跟他們相比？

直到今天，看到必死的蘇老夫人活下來，他才開始懷疑自己。可真要他向這麼一個野郎中下跪，如何甘心？

莊蕾問他。「你聽過將相和的故事嗎？你覺得廉頗和藺相如被嘲笑了嗎？道歉對廉頗真有損失？他依然是趙國的第一大將。你和聞先生之間，只是想法不同罷了。」

許太醫聽到這裡，開始明白莊蕾想幹什麼。如果是這樣，他的顏面或許可以保住。

「聞先生是因為有了新藥，認為可以一試，結果新藥真起了作用。你佩服聞先生的膽量還有孜孜不倦鑽研的精神，輸得心服口服。當你聽見這個藥有可能治癒肺癰的時候，更是放下成見，與聞先生一起合作，觀察青橘飲的功效。然後，你寫一篇關於青橘飲是否能治療肺癰的文章，送入太醫院。

「我的話說完了，你自己回去想想。若是想得明白，就來找我，咱們商量商量；若是想不明白，那就按照賭約來。」

莊蕾說完，轉身回去，才走了幾步路，就聽見許太醫叫了一聲。「莊娘子！」

莊蕾回頭看他。

「我們仔細談談。」許太醫又對藥僮說：「不走了。」

朱縣令完全沒想到會是這種結果，莊蕾真的只是一個村姑嗎？聽她說話，簡直不輸京城那些老謀深算的大臣，讓人想為她擊掌了。

片刻後，許太醫跟著莊蕾進了蘇老夫人的房間，向蘇老夫人行禮。

「老夫人可否讓下官搭個脈？」

蘇老夫人剛剛醒來，看了許太醫一眼，不願與他說話。有誰願意跟一個放棄醫治自己的醫者說話？

莊蕾走過去勸她。「老夫人，我要跟許太醫說一下您為何能治，以及為何不願放棄您的緣故。您就讓他把脈試試？」

蘇老夫人聽了這話，才對著許太醫伸出手。「若是小五聽了你的話，現在我恐怕已經去見閻王了。」

許太醫訕訕地笑了笑，將手搭在蘇老夫人的腕上。

原本瀕死的蘇老夫人，脈搏平穩。

周院判曾經跟他說過，凡是經年不能癒的惡瘡，就是毒入肌理，若是貿然切開，必然毒入血脈而亡。遇到這樣的病人，喝清熱解毒的藥，帶病延年是最好的。

至於流傳的方子，多半都不能用。比如有古方說，取燕窠土和窠內外燕糞加油，或加黃末來擦，就被周院判批得一無是處，說是怪力亂神者的胡言亂語。一旦用了這個方子，邪毒侵入肌理，很可能三日內就沒命了。
如蘇老夫人這樣的狀況，算是運氣不好，惡瘡爛入筋骨，只剩死路一條。
可是，蘇老夫人明明必死無疑，現在雖然還在發燒，但已經脫險，簡直不可思議。
看過蘇老夫人，莊蕾和許太醫到外面討論病情。
許太醫出自太醫院，哪怕自己尚未完全擺脫窘境，這會兒又端起官架子，直接問莊蕾。
「青橘飲的效果如此好，又能治這麼多病症，配方是什麼呢？」
「許太醫，您很有興趣？」莊蕾露出玩味的表情。她會不會將配方公諸於世是一回事，但許太醫該不該探聽，又是一回事。
許太醫被莊蕾的似笑非笑弄得神情一滯。
「您在青橘飲中的功勞，猶如伯樂發現了千里良駒，但您本身不是一匹良駒。這一點，您是不是明白呢？」
這下，許太醫惱羞成怒了。這個小丫頭剛才氣得他肝疼，好不容易她說的那些提議讓他看到了回轉的餘地，這會兒又說這樣的話。
「您要的是升官發財不是嗎？難道您還想繼續當宮裡娘娘的貼心太醫？」
莊蕾已經從兩人的交談中，探出許太醫的深淺。他的醫術就是靠著祖輩和師門的本事，背的方子多了，吃吃老本，倒也能過關。叫他對病症進行辯證之後的調整，他很難做到。即便出身再好，即便上頭有人護著，也止步於七品醫官。

許太醫盤算著，事情還沒過去，蘇老夫人已經恨上他了。人家是一品誥命，他只是一個小小太醫，到底勢不如人。

「妳一個小丫頭，嘴不要這麼毒辣！」

「毒辣？許太醫，咱們之間是各取所需，以後若不想聽這些怪腔怪調的話，您就做好您的伯樂，我們做好我們的千里馬，才能好好合作。否則，我日日防著您像是防賊一樣，豈不是累得慌？」

見許太醫不接話，莊蕾伸手道：「老夫人還要睡覺，不如我們先去壽安堂走走吧。」

第三十七章 梅毒

莊蕾帶許太醫去壽安堂，路上遇見張氏和陳熹，歡欣地叫道：「娘！二郎！」

張氏看見莊蕾，心裡一鬆。昨夜聽說蘇老夫人病危，莊蕾去醫治，她就心慌得很。達官貴人的病，哪是那麼好看的？戲文裡說，要是哪個娘娘病死了，會砍掉一大群太醫的腦袋。她擔憂了一夜，早上起來，看見陳熹也是一夜未睡的憔悴模樣，越發操心。

幸好今兒早上她看見隔壁的聞先生回來坐堂，說蘇老夫人的病情已經穩住，不過莊蕾得繼續看顧幾天，才略微放心。

張氏摸著莊蕾的臉。「這是要回來了？」

「沒有，我大概還得守著老夫人兩天，但老夫人的病情已經穩定下來。對了，你們怎麼一起出門啊？」

「阿娘看妳不回來，心裡著急，我們倆就過來問問。」陳熹說道。

莊蕾對陳熹笑了笑，看他眼底有黛青色，知他定是多思多慮，便說：「沒事的，我先帶著許太醫去壽安堂看看。」

陳熹對許太醫微微點頭，喊了一聲。

「謝……」許太醫想叫一聲謝世子，忽然想起安南侯府抱錯孩子的事，一時語塞。

陳熹淡淡一笑。「敝姓陳。」

許太醫有些尷尬。「陳少爺。」

「娘，嫂子有正事要做，咱們先回去幫月娘準備下午要教的藥膳？」陳熹對張氏說道。

「好。」張氏又問：「花兒，妳要回來吃晚飯嗎？」

「不了，今晚我還會住在縣衙。」

張氏點頭，見莊蕾真的沒事，便帶陳熹回去了。

莊蕾帶許太醫到了壽安堂。此時已是下午，排隊的人還沒散去。

有人看到莊蕾，喊道：「莊娘子，妳總算來了。光靠聞先生一個人看，也太慢了。」

「對不起，今天我出診，過兩天就回來了。」莊蕾笑著回答。

聞先生也瞧見許太醫了，對他點點頭，繼續看病。

莊蕾帶許太醫繞壽安堂一圈。許太醫發現，雖然壽安堂不大，排隊看病的人卻不少。

「我竟不知，遂縣居然有這麼熱鬧的藥堂。」

莊蕾笑著說：「那是您平時只留意淮州的幾間藥堂。如同鄉下的土地廟，但凡香火旺的，都是土地公很靈驗的。但終究不是名剎古寺，名聲不會傳得太遠。」

許太醫外放淮州，不過是來熬三年，過了三年就要回京，何曾認真對待這份差事？未曾詳細了解本地的藥堂和郎中，也是正常。

回縣衙後宅的路上，許太醫問莊蕾。「安南侯抱錯的，就是妳的小叔子？」

「許太醫與我家二郎之前就認識？」

「認識，但是不熟，安南侯府與秦院判走得近。」

「那你沒幫他把過脈？」

「我來淮州時，他還沒生病，剛剛選上皇子伴讀，德妃娘娘很喜歡他。周院判時常替德妃娘娘和四皇子把脈，多少能知道這些世家公子的消息。沒想到，我出來幾年，便聽說這位居然是抱錯的。」

「所以，我家二郎以前是讓秦院判看病的？」

「不知道，反正肯定是秦院判那邊的人。」

莊蕾心想，這個只要回去問陳熹就知道了，但太醫院裡的關係派別，卻能通過許太醫了解一二。

這些消息現在看著沒用，以後或許就有大用處了。

莊蕾帶許太醫看完壽安堂，又去縣衙陪了蘇老夫人一晚。

第二日，蘇老夫人退燒，背後的傷口不再滲出血水，她才放心地回家。粗粗漱洗一番後，就去壽安堂看診。

聞先生想讓她回家歇著，她看看排著長龍的隊伍說：「我跟您一起看完，下午再睡。」

莊蕾開始看診，又是忙得連口水都顧不上喝。時間過得飛快，一下子就近中午了，看完最後一個病人，便能休息了。

這時，門口傳來一個女人的聲音。「小兄弟，你行行好，通融通融，讓聞先生幫我看看，求求你了。」

夥計回道：「這可不行，咱們家的規矩，辰時之前來的，今天肯定看完。妳看看，現在都什麼時辰了？快午時了，聞先生和莊娘子也是人，要吃飯的。要不，妳明天一早過來？」

莊蕾站起身，她也沒辦法同情這個婦人，畢竟她和聞先生不是鐵打的，規矩訂出來就訂出來，除非是急症或重病之人，否則就不必通融了。

陳月娘拎著食盒從門外進來，對聞先生道：「聞爺爺，今兒有黃骨魚燉豆腐，您嚐嚐。」又對莊蕾說：「花兒，我沒有幫妳裝，妳回家吃。」

聞先生忙接過食盒。「好好好，吃了飯，下午我也歇一歇，都一把老骨頭了。」和聞海宇進了後院。

莊蕾挽著陳月娘的胳膊，跟她一起回去。

兩人走到門口，陳月娘的裙襬卻被門口那個用衣衫擋住臉的婦人扯住了。

「陳娘子，幫幫我！」

這個聲音讓陳月娘嚇了一跳，抖著嗓音問：「妳是……」

婦人揭開兜在頭上的衣衫，露出一張滿是紅瘡的臉。「是我！」

莊蕾見了，趕緊將陳月娘往後拉。她一看便知這女人得了梅毒，古代稱為花柳病。這是二期的症狀，出現了全身的損害，臉上有紅瘡，眉毛和頭髮出現蟲蛀樣的脫落。

「月娘，妳認識她？」

「她……她就是江玉蘭。」

是李春生勾搭的寡婦？莊蕾往前推算著，感染梅毒一年內的傳染性最強，那個時候，李春生應該還沒有摔斷髕骨。不管是江玉蘭把病傳給李春生，還是李春生傳給她，李春生都不可能逃掉。

陳月娘看向江玉蘭。「咱們之間的事，我不怨妳，可妳也沒有來找我幫忙的道理吧？我與妳，權當不認識。」

江玉蘭攔住兩人的去路。「陳月娘，我知道我對不起妳，但我沒有辦法。我男人死了，家裡窮，還要養活兩個孩子，但凡有別的辦法，我也不肯做這種被千人指、萬人罵的事。如今我得了這種病，要是死了，家裡孩子還小怎麼辦？妳幫我求求妳嫂子，救救我吧！」

江玉蘭說著，跪在地上，不停向莊蕾和陳月娘磕頭，嘴裡念叨著。「我給妳賠不是好不好？我不是人……」

陳月娘掏出手帕，擦了擦眼角的淚。「報應！我沒害妳，也不想救妳。妳滾，別髒了咱們家門前的地。」說完，轉身進了自家鋪子。

江玉蘭眼見求陳月娘不成，便去求莊蕾。「莊娘子，求您救救我，好心會有好報的。看在我那兩個沒了爹的孩子面上，您救我一個，就是救活了三人啊。」

莊蕾輕笑一聲。「我又不是菩薩，妳求我有用？得了這種病，也不一定會死。妳回去慢慢休養，臉上的瘡過一陣子就消了。」

江玉蘭抬頭看她。「莊娘子，我見過得花柳病死的人。我也打聽了，花樓裡的女人最容易得，只要染病，七、八成的人在三、四年裡就會沒命；活下來的人，也熬不過十年。我家兩個孩子還小，我不能死啊……」

她想到苦痛之處，跪在地上嚎啕起來，也顧不得頭上的衣衫了。

「莊娘子，妳幫幫我，跟聞先生說一說，救救我……」

莊蕾搖頭。「妳求我做什麼？明日一早過來排隊，抓藥吃不就成了？」

天色灰濛濛的，零零星星飄起雪花，陳月娘站在自家門口，喊道：「花兒，快回來！」

莊蕾應了聲，加快腳步進去了。

鋪子裡煮著熱湯，暖融融的。一罐四神湯配上一碗飯，熱騰騰的飯菜最能熨貼腸胃。

莊蕾坐下吃了飯，走到爐灶邊，幫著客人盛湯打飯。

一個木桶空了，陳照進去拿飯。

莊蕾愣在原地，腦子裡有著揮之不去的疑惑。七、八成會死？到底是江玉蘭誇大其詞，還是古代梅毒的致死率有這麼高？

陳照拿了飯出來，莊蕾一邊打飯、一邊看著外面。

雪越發大了，飄飄灑灑地落下，江玉蘭還是沒有起來。雪花落在她的頭頂上，呈現斑駁的白。她已經不哭了，整個人看上去空洞而絕望。

江玉蘭得的是二期梅毒，陳月娘沒有感染，那李春生的病應該在一期和二期之間。按照書裡的講法，陳月娘的死因是難產時，李家二老一定要保小。

梅毒二期很少死人，不治療也可能會轉成潛伏，要死也是在三期的時候，還會發生神經和骨損害等等症狀，這是怎麼回事？

「嫂子！」

莊蕾嚇了一跳，陳熹不知何時站到她身旁，望著跪在雪中的女人問：「那是誰？」

「李春生的相好，染了花柳病，想來求醫。」

陳熹從莊蕾的手裡接過飯勺。「花柳應該治不好吧？」

「你怎麼知道？」莊蕾疑惑。

「以前在書院的時候，聽見年長的人私下說過，有個大家嫡子，因為喜好風月，染上了這種病，鼻子爛掉了一大塊，太醫院也束手無策。」

莊蕾看著他。「你信不信，我能治花柳？」

「嫂子說能治，就一定能治。妳連被許太醫放棄的蘇老夫人都能治好，我還有什麼不相信的？」

陳月娘招呼完客人，看見兩人在說悄悄話，便走了過來，發現江玉蘭還跪在門外，不禁嫌惡地白了一眼。

莊蕾側過頭，問陳月娘。「妳可知道這個女人的相好有幾個？」

「我哪知道？這麼髒的人，我幹麼去打聽？」陳月娘心頭到底是恨的。

「我推斷下來，李春生也得了花柳病。」莊蕾看著陳月娘，笑嘻嘻地說。

「他有沒有病，與我有什麼相干？」

「跟妳沒什麼相干，但我想出這口氣。」

陳月娘神色一頓，莊蕾繼續道：「妳說，李家那對夫妻會不會為了替這個獨子治病，弄得傾家蕩產？」

陳月娘問：「妳想怎麼做？」

陳熹笑呵呵地看著莊蕾。「嫂子想讓李家求上門，但就是不醫治李春生，讓他們慢慢絕望，最後人財兩空。」

「大郎哥哥和阿爹的仇，要用鈍刀子割肉，一刀一刀的讓李春生疼到骨子裡。」

莊蕾看著門外，臉上掛著笑，說出來的話卻異常冰冷。「所以，這個女人，我要治。」

江玉蘭凍得嘴唇發紫，發現莊蕾對她招了招手，有些木然的神情恢復了一點點生機，走到陳家的鋪子前。

莊蕾說：「明日未時一刻，妳來壽安堂，我和聞先生看看這病能不能治。至於錢……」

江玉蘭打斷她。「我真沒錢，李春生給我的首飾，應該都是陳娘子的，我願意還。家裡實在沒有進項，連飯都吃不飽。」

「妳把首飾拿來，那是月娘的嫁妝，不好給人。按理，沒錢就治不了病。明天妳先過來，等我和聞先生商量了再說。」

江玉蘭站在風雪之內，千恩萬謝，拖著疲憊的步子，一步一步在雪花飛舞的天地之間走著。或許因為在冰冷的地上跪久了，加上腳下濕滑，她摔了一跤。

莊蕾搖了搖頭。

這麼冷的天，鋪子裡已經沒客人了，張氏過來說：「花兒，快去休息，妳兩天沒有好好睡覺了。」

莊蕾回到自己的房間，上了床。這樣寒冷的天氣，窩在被子裡真是一件舒服的事。

縣衙後宅，炭火烘烤之下，整個房間暖烘烘的。

蘇老夫人退了燒，精氣神就來了。

蘇清悅抱著孩子給她看。小傢伙嫩嘟嘟、胖乎乎的，很是討人喜歡。

蘇老夫人逗弄著孩子，問道：「之前因為我的病吵得不可開交的許太醫和聞先生，聽說已經和解了？」

「可不是。」蘇清悅笑著回答。「可見我沒看走眼，莊娘子真是個人物，居然能化解這種事……」

聽著蘇清悅轉述從朱縣令那裡聽來的話，蘇老夫人靠在靠墊上，放開了逗孩子的手，閉上眼。

「小五，妳很喜歡這個莊娘子？」

「是啊。咱們三代人，可都是花兒救下來的，而且她做事極有分寸，為人又爽利。以後等我再懷孩子，一定要讓她幫我從頭調養，不再受那等苦楚。還有……」說起莊蕾，蘇清悅滿滿的都是高興，雖然她和莊蕾結交確實有私心，卻也有明明白白的真情實意。

蘇老夫人安安靜靜地聽蘇清悅興奮說完，還聽她狀似很聰明地炫耀。「娘，您看我也算是走一步，便想了後面的好多步吧？」

蘇清悅等著自家母親的讚揚，孰料蘇老夫人只是悠悠地嘆了口氣。

「妳啊，到底是家裡嬌寵出來的，還是不知人間險惡。」

蘇清悅聽到這話，愣住了。

第三十八章 藥廠

蘇老夫人嘆完氣，對蘇清悅講起一件舊事。

「太宗皇帝曾在太醫院裡設女官，因為女子的病症，很多還是需要女人來看。但妳知道三品女院判的官職，最後為何被取消了嗎？」

蘇清悅搖了搖頭，蘇老夫人接道：「這些醫女出入高官後宅，替女眷看病。一來二往，跟那些女眷混熟了，看著看著，就成了那些高官的妾室。

「這還算好的。二十多年前，妳還沒出世，京城曾發生一件毒殺主母的案子，凶手就是太醫院的醫女。

「八品醫女惠娘與禮部侍郎的夫人交好，而禮部侍郎不過三十來歲，已經官至三品，儀表氣度自然不俗。侍郎夫人也是出身名門，誰家女眷有個病痛，她便向她們推薦惠娘，說惠娘醫術高明，又是個機靈人。

「後來，這個機靈人被抬進禮部侍郎的後院，跟她真正成了姊妹。」

蘇老夫人說到這裡，耷拉眼皮看著自己的女兒。

蘇清悅嘴巴微微張開，愕然半晌，直到身邊的榮嬤嬤將孩子抱過去，才吶吶地開口。

「莊娘子雖然機靈，人品卻是信得過的。」

「當初侍郎夫人也這麼想，她出身忠勇伯府，是嫡出的大小姐，自幼被當成當家主母來教養。妳卻是我們嬌寵長大的，能比侍郎夫人厲害？」

「母親，您多心了，官人不是這樣的人。」蘇清悅還在為自己找辯解的理由。

蘇老夫人笑了笑。「現在博簡當然不是這樣的人，莊娘子也沒想過要做這種事。等妳再有身孕的時候，她正值十六、七歲，又生得出挑，日日出入府裡，與博簡抬頭不見低頭見，妳覺得會如何？

「若是她笨些，就權當屋裡添個伺候的人，偏生她是那樣有心機的。那位侍郎夫人就是懷上四公子時，一屍兩命，還沒人能看出端倪。若非禮部侍郎沒將惠娘扶正，繼室又是個厲害的人，把當年的事情揪出來，誰能知道其中的緣故？

「從此，太醫院的醫女若是年輕的宮婢出身，全留在宮裡伺候貴人。外面請的醫女，都是四、五十歲的婦人。後來，醫女就越發沒落了。」

蘇清悅低下頭。「可我之前生孩子的時候那般艱難，下一胎若是沒有莊娘子坐鎮，我真怕挨不過去。」

蘇老夫人看著她，又嘆了口氣。「罷了，原本我想著妳可以找別人，既然這般信她，就該想想，怎樣讓她永遠不可能妄想妳的男人。」

「如您所言，莊娘子的姿容出眾，而且還機靈，一手好字也不輸於京中貴女。我又一定要她幫忙，該怎麼辦？」

蘇清悅轉頭，吩咐榮嬤嬤從匣子裡取來莊蕾幫她寫的調養方子和醫囑，交給蘇老夫人。

蘇老夫人一看，也被這字跡驚到了。這個年紀的姑娘，還是出自農村，竟寫得一手好小楷。而且與閨秀的娟秀不同，莊蕾的小楷飽滿而有筋骨，鋒芒不顯，卻不能讓人忽視。

蘇老夫人思慮一番，道：「既有這般才學，我倒是有個法子，也算是兩全其美。給她一條康莊大道，有了這個恩德，以後妳也能靠得住她。」

「母親，您說。」

「這件事辦起來不容易，為了妳，辦它一辦也無妨。」蘇老夫人摸了摸蘇清悅的頭髮。「這次，我將他們一家帶回京城，把她小叔送入西麓書院，等於是給了他一個好前程，再把她介紹給周院判。周院判馬上就要致仕，她成了周院判的關門弟子，豈不是比拜在一個鄉間郎中的門下強？」

「您要介紹她進太醫院當醫女？」

蘇老夫人搖頭。「只要她拜了周院判為師，要不要當醫女，由她自己決定。若是不當醫女，我就認她為義女，在京城世家中找個品性端正的庶子，讓她嫁過去做正頭娘子，比之現在，不就天差地別了嗎？」

蘇清悅拍手讚道：「還是母親想得深遠，若能如此，真是天底下最好的安排，想來莊娘子也會對咱們感恩的。」

「正是。這條路走下去，她的心思就不會歪。以後妳和博簡外放，讓妳爹替她的夫婿謀個前程，放在博簡的屬地，她對妳就更加忠心了。」

蘇老夫人也為自己的深謀遠慮讚嘆，又傳授了些訣竅給蘇清悅。身為一個大家主母，要怎麼為人處世，才能讓人感覺如沐春風，感恩戴德，卻又不能放太多的感情。

蘇清悅聽著，頓時覺得她離一個合格的大家主母還很遠很遠。

今年的第一場雪下得很大，即便這般寒冷的天氣，依然有人趕早來看病。

陳家鋪子一開門，去隔壁壽安堂拿好了號的病人和家屬，紛紛走進鋪子，有的人要了一碗粥配一個饅頭，有的人手頭拮据，不好意思占了座位，便站在門口，瑟瑟發抖。

張氏看那些人可憐，倒了熱茶，招呼他們喝口熱水。「今兒大雪，店裡人也不多，都進來坐吧。」

那幾個人進來，看見莊蕾解下圍裙往外走，知道壽安堂要開了，又跟著過去。哪怕外面寒風凜冽，拿著前面幾號的人，也情願去排隊等著。

聞家祖孫進來，莊蕾跟他們聊起最近病人出現的問題，也說了江玉蘭的事。

聞先生皺眉。「這是花柳病？」

「應該是。」莊蕾回答。「爺爺，您這裡可有什麼看法？」

「這種病多為尋花問柳而來，願意治的醫者不多，我也不願意醫，並無見解。以前曾經見過，有人爛得連鼻子都沒了。」

聞先生是一個耿直的人，他這麼說，倒也不是奇怪的事。

莊蕾繼續問：「爺爺，花柳病的致死，三年內七、八成，十年之內盡去，是真是假？」

聞先生想了想，點頭道：「應是如此，所以花樓女子命不長，三十不到就死的不知多少。妳想治治看？這種病自古以來就有，但是少有典籍可以參考。」

莊蕾沒想到，即便是穿書，這方面的記載也跟前世一樣，醫家根本不屑於研究，相關的方子很是匱乏。

她腦子裡有些想法，還有青黴素，那就按照清熱解毒的思路開方試試。

上午的病人不多，還沒到中午就看完了。

莊蕾和聞先生取了乾淨袍子套在身上，戴口罩跟布手套。不管怎麼樣，幹這種事情時，一定要做好防護才行。

進了培養菌房，莊蕾拿起一個培養基看，其中一個的米黃色表面起皺紋，形似菜花。

莊蕾轉頭，對聞先生和聞海宇說：「你們看，癆蟲就在裡面。」

古代並無細菌學的觀念，稱為癆蟲。沒有顯微鏡，只能看培養基的外觀判斷，是否有細菌繁殖。

「原來是這樣的。」這些天，聞先生跟著莊蕾，也對病菌有了認識。「咱們用糖和米湯做成的培養……」

「培養基。」莊蕾道：「這是癆蟲的食物。同樣的道理，病人的肺也成了它的吃食。」
另一個培養基滴了萃取出的青黴素，中間乾乾淨淨。
莊蕾走過去，又拿起一只瓷盒，裡面培養的是蘇老夫人傷口的細菌，表面也起了變化。
「這裡面是癰蟲。」
「青橘飲對它也有效？」聞先生問道。
「沒錯！」
三人出來後，將臉上的口罩、身上的衣衫和布手套全部扔進木桶裡。這個木桶裡的髒污衣物會以沸水洗淨，再放在外面的大鍋上蒸煮。
接著，他們又讓人舀清水，用摻了硫磺的澡豆塊搓手，才一起去書房，看這幾日的肺癆病人紀錄。
一個病程很短的病人，如今肺部的聲音已經趨於正常，呼吸也平穩了。
莊蕾對聞海宇說：「師兄，取這個人的痰做癆蟲培養，如果沒有變化，就可以不要再用藥了。」
聞海宇點頭。「行，明天他來了，我就採痰液。」
「記得，這些東西用過後，全部扔入每天現製的生石灰水中浸泡，不然還是會再次染上這種病。房間也要用蒸氣蒸過，並且用石灰水潑灑。」
「知道了。」

莊蕾看向聞先生。「爺爺，等下我們要不要去找黃老太太商量製出大量青橘飲的事？」

「不如現在就過去？剛好去黃家吃頓飯。」聞先生建議道。

「好。」

莊蕾起身，卻見聞海宇側過頭對著她發愣，便叫了一聲。「師兄，怎麼了？」

聞海宇的臉立刻熱辣辣起來。「我在想，如果青黴能有這種效果，其他黴呢？」

莊蕾笑道：「其他黴自然也有效果，要慢慢篩選。咱們先走了。」

「去……去吧！」聞海宇說話有些不索利。

莊蕾跟著聞先生乘馬車去黃家，走進黃老太太的院子，一棵老臘梅便傳來幽香。

廳堂裡正在擺飯。病情得到了控制，黃老太太精神極好，她身邊的黃成業，臉色也比之前好了很多。

「我這裡可沒什麼吃的，你們不要嫌棄。」

「吃得清淡些好。」聞先生在黃老太太旁邊坐下，莊蕾也落坐，有嬤嬤幫莊蕾和聞先生盛飯。

莊蕾喝了小半碗南瓜排骨湯。黃老太太這裡的嬤嬤已經領悟精髓，做出來的味道不錯。

吃過飯，漱了口之後，聞先生不拐彎抹角，直接對黃老太太開了口。

「老太太，我今天來找妳，是想跟妳商量一件事。」

他說了青橘飲的進展，又道：「我們那個藥房，妳是知道的，製藥的數量有限，所以想開個藥廠。您看您有沒有興趣？我們手裡實在沒錢，您若是願意，我們就一起幹。」

黃老太太驚訝地說：「居然有這樣的藥，若真能治療肺癰，那是驚天奇功啊。可是，即便我們想保密方子，到時候太醫院的惠民局一定會來要吧？」

莊蕾接過話。「肯定會來要，我們也會給。但是，在他們來要之前，我們已經能很純熟地製作，而他們還需要慢慢摸索，生產出來的藥還不是特別好的話，您覺得會怎麼樣？」

「剛開始會用咱們的。」黃老太太說道。

「沒錯。想讓他們明明知道藥方，仍一直用咱們的東西，您說該怎麼辦？」莊蕾問她。

黃老太太想了一下。「給錯的藥方？」

「這個當然不行，我們既然肯給，就必須給對的方子。但他們知其然而不知所以然，生產出來的藥必然良莠不齊。

「您說，我們能不能成為供應惠民局藥材的地方？只要我們開的價錢比別家便宜，藥效穩定，惠民局就會有兩種選擇，一種直接從我們這裡進藥，一種是跟我們合股開藥廠，或者乾脆從我們手裡買下。買下又怎麼樣？難道咱們除了青橘飲，就沒有其他藥了？」

前世身為醫藥公司老闆的女兒，她沒有吃過豬肉，總見過豬跑。醫藥公司自有一套運作的方法，便揀用得上的說。

黃老太太聽了，拍桌道：「行，咱們幹了！我先出五萬兩白銀，城東那裡有一座舊倉房，你們過去看看，能用就用，不能用就拆了重建。倉房旁還有百來畝的田，一直空著當堆場，都可以用。分帳的話，你們占六成，我占四成。」

莊蕾一聽，黃老太太也太豪爽了，忙道：「這哪裡行？您出了錢卻只占四成，我們太占便宜了。」

黃老太太擺擺手。「沒什麼。這個生意能賺錢不說，還能揚名天下。揚名天下之後呢？會帶來更多的錢。這四成股，就給成業這小子了。

「成業的老子素來不喜歡他，等我百年之後，不知道會不會留點東西給他，就算留了，沒人替他謀劃打理，也不知道會怎麼樣。製藥的生意好，又有你倆占大股跟操持，不會差的。成業靠著這個藥廠，只要不再吃喝嫖賭，胡亂折騰，一輩子定能衣食無憂。」

「奶奶，您說什麼呢？」黃成業急了，想打斷黃老太太。

聞先生失笑。「老太太說笑了，我哪裡會經營？當初要不是您資助，壽安堂未必能開得起來。」

黃老太太哈哈一笑。「我可不巴望你能經營，咱們倆都老了，是這個丫頭主意多，腦子又靈活，定然大有作為。」

她說完，轉頭看莊蕾。「小丫頭，要不，妳幫我帶帶這個渾小子，讓他一起來做事？以後忙起來，斷了跟以前那幫子狐朋狗友的來往，就是妳對我這個老太婆最大的情分了。」

莊蕾完全聽傻了。

莊蕾離開黃家的時候，腦子還是懵的。

要花這麼多銀子的事，一下子就解決了？不用資料，不用報告？前世她說服自家老爸投資她研究的藥，也要說服半天。

她轉念一想，又笑了。青黴素是劃時代的神藥，她前世研發的新藥，沒有一款比這個更有意義。

聞先生看著莊蕾，出聲道：「既然老太太給了六成的股，妳拿四成，我拿兩成。」

「爺爺，您怎麼也這樣？我拿一成意思意思就好了。」

「這個藥其實跟我沒什麼關係，都是妳一個人的功勞，我能占兩成，已經很滿足。老太太願意出錢，是因為這確實是好藥。妳別跟我多說，就這麼決定了。」

莊蕾聽了，也不再推託。「行，那我就聽您的。」

第三十九章 拒絕

兩人回到壽安堂，已經過了未時一刻，夥計喊道：「莊娘子，有個婦人來找妳。」

「你去請師兄過來。」莊蕾說完，招手讓江玉蘭坐在診桌前，要她拿下兜在頭上的衣衫。

江玉蘭提起一個小包裹交給莊蕾。「李春生給我的東西，我都拿來了。」包裹裡是一只銀手鐲和一根銀簪子。

莊蕾挑眉。「就這些？我看過月娘的嫁妝單子，缺的首飾可不止這幾樣。」

江玉蘭囁嚅地說：「有是有，都被我拿去換米糧了，我手裡實在沒了。」

「是嗎？那咱們先看病吧。」莊蕾把東西往旁邊一推。

聞海宇過來了，三人坐下，莊蕾指著江玉蘭臉上的紅疹道：「這就是花柳的典型症狀，我們需要和風疹，還有水痘分開。風疹……」

莊蕾說了梅毒三個分期的症狀和最終結果，聞海宇問：「就算不治療，也有人會好？」

「當然，但這是少數。」

莊蕾低頭開藥方，對江玉蘭說：「妳還有孩子，我就幫妳配必要的藥。妳去地裡找割人藤，加水煮了，每天用來洗身體；婆婆丁、皂角刺採來煎水喝。」

江玉蘭千恩萬謝，莊蕾招手讓夥計來。「你帶她去配藥。別碰到她的皮膚，小心點。」夥計應聲下去了，聞海宇問莊蕾。「花兒，妳怎麼知道花柳分成三期啊？為什麼會這樣？」

「就跟癰蟲一樣，花柳病也有我們看不見的蟲，在男女交合之處安營紮寨。十來天到一個月之後，那個地方會先起硬下疳，一旁的部位起核結……」莊蕾講解梅毒的病情發展。

「為什麼很多病都會起核結？比如口舌生瘡，就會在下頜摸得到核結，而且觸之疼痛，這是為何？」

「我讀過的醫書上說，人的身上有很多核結……」

莊蕾還想跟聞海宇講解淋巴系統的作用，卻聽見江玉蘭哭叫。「二十兩銀子？我哪有這麼多的錢?!」

這又是在鬧什麼？

江玉蘭踉踉蹌蹌、倉倉皇皇地走來，跪在莊蕾面前。

「莊娘子，我沒錢，您知道的！」

莊蕾道：「我知道妳沒錢，所以幫妳省錢了，只配了這個方子。妳若連二十兩銀子都捨不得，那我得告訴妳，光吃這副藥不成，這病沒有二百兩銀子是斷不了根的。」

「二百兩？我……我聽說你們找了五個肺癆的病人試藥，我也可以幫你們試藥啊。」江玉蘭說道。

「染上肺癆，對一家子來說，就是把銀子丟進無底洞，所以聞先生一直在想如何能治好肺癆。而大多得花柳病的人，都是煙花女子或尋歡客。說實話，這些人不是我們想立刻救治的。」原本陳月娘就恨江玉蘭，如今看她還有那麼多心眼，莊蕾實在厭煩。

「可是我家裡還有兩個孩子……」

莊蕾無言。「我已經憐惜過妳了，讓妳去找外面的草藥煎水，不用花太多錢。孩子是妳的，妳怎麼能光靠著別人對妳的憐惜過活呢？花柳難治，這是天下皆知的事情，妳要我治，又不給錢，沒有這種道理的。」

「我求求妳了！」江玉蘭又跪下。

如果之前江玉蘭下跪讓莊蕾還有一點點的心軟，這個時候見她下跪，就沒有絲毫同情了。作為一個人，不是靠著求就能活下去。

江玉蘭靠著出賣身體養活兩個孩子，莊蕾從沒有覺得她可恥。但江玉蘭無恥的是，她在不停利用別人的善念。

莊蕾嘆了口氣。「妳去找那些草藥吧，按照我說的一直用下去，說不定能熬過。」

「那……那些草藥能治好病嗎？」

莊蕾耐心耗盡。「有點用處，但若真的那麼有用，也不需要我這裡的藥了。」

「那妳這裡的藥一定能斷根嗎？」

「沒有哪個郎中能打包票，只能說這種藥對大多數人來說有效，可以斷根。」
「妳就不能……就不能……」
莊蕾搖頭。「那個藥太珍貴了，來之不易，還是新東西，妳就不要想了。我這裡還有事，妳走吧。」
江玉蘭哆哆嗦嗦從懷裡摸出一根銀釵。「莊娘子，真沒有了。另一只鐲子，被我當了換米糧。」
莊蕾看了釵子一眼。「這樣吧，你們的族長是個講道理的長輩，請他來做個見證，幫妳寫一張欠條。我折價，只收二百兩銀子，不收利息，妳有錢就來還，五年之內還清如何？」
「怎麼可能？我靠著一身皮肉，也不過餬口，就算把我賣了，最多值個十兩銀子。再說了，族長一向看不起我……」
「妳再這麼說，門口在那裡，妳馬上就可以走。」莊蕾指著大門。
江玉蘭無奈，只得離開了壽安堂。
聞海宇問她。「妳沒打算真收她的錢吧？」
「師兄真聰明。若族長知道，全李家村的人就知道了。而且，和她有瓜葛的男人聽說有好幾個，治好了她，自然有其他生意上門，咱們也需要人來驗證青橘飲的藥效不是？」莊蕾呵呵笑道。
聞先生看向莊蕾，搖搖頭。

「爺爺，我得找一天去見見許太醫，跟他聊聊青橘飲的功效，另外談妥磕頭的日子。」

聞先生慨嘆。「當年我要是有妳一半的聰明，就不會被人坑得灰溜溜離開京城了。」

「放心，有生之年，咱們定能雄糾糾、氣昂昂地回去。」

聞先生失笑。「小丫頭！」

莊蕾有些雀躍地走回家，想跟家人分享青橘飲可以量產的喜訊，卻隨即轉了念。如果告訴張氏，張氏定然要嚇死了。講給陳月娘聽，那跟講給張氏聽沒什麼區別啊。

吃過晚飯，莊蕾幫張氏收拾碗筷，張氏憐惜她天天在藥堂奔忙，說道：「花兒，我和月娘來就好，妳去歇著。」

「那我去看看二郎。冬天了，幫他開幾個膏方調養，明年就能長成壯壯實實的小夥子了。」

「去吧。」張氏揮手。

陳熹的房門開著，他正在教陳照寫字。

陳照確實在讀書上沒有天分，連拿筆姿勢都不對，看他撓頭的樣子，倒有幾分可憐兮兮。

莊蕾打發陳照出去，陳熹自動自發地把門掩上。「嫂子有話跟我說？」

莊蕾坐在他的書桌前，眉梢嘴角都帶著笑。「二郎，你可知我平日在研製的青橘飲？」

「自然知道。妳不是在找肺癆病人試嗎？還打算用在江玉蘭身上。」

「今日，聞爺爺帶我去找黃老太太，她答應出五萬兩銀子，一起蓋藥廠生產青橘飲。」莊蕾說道：「而且，這筆生意裡，黃老太太占股四成，聞爺爺占股兩成，我也是四成。」

「這麼多？」陳熹也無法置信。

莊蕾靠在椅子裡。「有了這種藥，可以少死很多人。」

陳熹見莊蕾說得眉飛色舞，神情好似蒙了一層光……

這日，蘇老夫人已經能下地行走，病勢好轉許多。

莊蕾進屋時，聽見蘇清悅說：「母親，孩子給我抱，您先歇歇吧。」轉頭看到莊蕾，便抱著孩子走過來。「來，寶兒，咱們讓姨姨瞧瞧。」

莊蕾接過小娃娃，抱在手裡，孩子一雙黑白分明的眼睛滴溜溜轉著。

她抱著孩子，對蘇老夫人行禮。「見過老夫人。」

「別多禮，妳可是咱們祖孫的救命恩人。」蘇老夫人的臉色還沒恢復，精神卻不錯。

蘇清悅拉著莊蕾坐下。「最近寶兒老是拉稀，或是拉不出，是不是該給他吃點猴棗散？這是母親從京城帶來的。」

莊蕾笑著說：「是藥三分毒，猴棗散是好藥，但偏於苦寒。小寶寶的腸胃還沒長好，偶爾吃一、兩次沒關係，卻不能當成靈丹吃。可以用茯苓、山藥、薏米煮水，讓小寶寶喝幾口，也能養養腸胃。」

蘇清悅接過孩子，對孩子說：「寶兒，來，謝謝姨姨。」說完，抬起頭。「若是沒有妳，母親真的未必能看到我和寶兒了。」

「怎能這麼說，郎中治病救人是天職。上次是聞爺爺先幫妳扎針，這次老夫人也是因為聞爺爺行遍天下，才開出最適合的方子。我不過是話多了些，卻讓妳們覺得我占了大功。」

蘇老夫人聽了，略微帶笑地看著莊蕾。「小小年紀就知道不居功，實在難得。」

莊蕾站起來，伸手替蘇老夫人搭脈，又看了背後的傷口。傷口已經乾燥，開始結痂。

「老夫人，冬日時，您是不是氣喘咳嗽啊？」

「這是娘胎裡帶來的毛病了。」蘇老夫人說：「家母也有，幸好孩子們沒傳到。」

莊蕾點了點頭。「不知老夫人信不信得過我這小丫頭的醫術？」

「怎麼，妳還要幫我治這個老毛病？」

「雖然是陳年頑疾，但老夫人不過五十出頭，離百歲之年還有長長的半生，如果冬天老是被這個毛病困擾，當然得試試。不然，年紀越大，這個毛病越是拖累人。」莊蕾說道：「老夫人打算在遂縣住多久？」

「想著住過冬日。才剛剛撿回命來，不宜再舟車勞頓。」蘇清悅接話。

莊蕾信心滿滿。「那就夠了。我幫老夫人走罐，再加上湯藥調養。」

蘇老夫人欣喜。「那我該如何謝妳？」

「我看病收診金的，怎麼叫如何謝我？」莊蕾搖頭。「比起沒錢病重，還嫌棄我年少的病人，你們是最好的了。前些日子，有個得了花柳病的病人，付不出錢，跪在雪地裡求我……」說了江玉蘭的事。

蘇老夫人聽完，說道：「這人一沒骨氣，二沒感恩之心，救她幹什麼？」

「我自幼不得爹娘疼愛，她是為了兩個孩子活下去，足以讓我動了惻隱之心。」莊蕾笑著解釋。「當郎中的有這種心思，是又好又不好。」

「怎麼說？」

「好的是，可以讓我們更努力地研究新的藥方，救更多的人；壞的是，可憐別人多了，自己連飯都沒得吃。」

蘇老夫人微笑。「有道理。」

「所以，保持悲憫之心，也顧及自己的生存，是我需要學習的。我可不是在老夫人面前哭窮，你們家和黃府給的診金都不少。」

「聽說妳幫黃老太太做了一個月的飯菜，很是好吃，怎麼沒見妳幫我做？」蘇清悅問。

「妳又不需要忌口那麼多。黃老太太要忌口一大堆，我總要告訴她什麼能吃、什麼不能吃，怎麼吃才能讓病好得更快吧？」莊蕾笑著說她。「妳要是喜歡，每日派人去我家鋪子拿幾盅湯來喝，每天都有一種湯是補氣補血的。至於老夫人，開始吃了我的藥後，也要按照我的菜單來吃。」

「那我倒是迫不及待想嚐嚐了。可若是真的好吃，回了京城沒得吃怎麼辦？」蘇老夫人問道，總算有個話題可以開頭。

「黃老太太是派了嬤嬤過來學的，學會就能天天做了。當然，興許是我這個鄉下姑娘自認廚藝不錯，實際上老夫人哪樣沒吃過，若覺得不好吃，也別勉強。」莊蕾笑著說道。

「母親，不如您把莊妹妹帶進京城，咱們資助莊妹妹開間醫館？」蘇清悅把孩子交給榮嬤嬤抱出去，把話引過來。

「想在京城開醫館哪有這麼容易，哪家醫館不是有百年歷史的？」蘇老夫人說道。

「有相府資助，還開不起來嗎？」

「要口碑的，年紀輕的郎中很吃虧，更何況我還是個女的，誰能信我？冷冷清清，不用三、五個月就倒閉了。」莊蕾不禁想起，前世她有家世、學歷和履歷加持，剛開始看專家門診時，仍遠遠比不上另一個頭髮花白的副主任。醫生這行飯，混資歷也很重要，她能飛快在壽安堂坐穩位置，是因為聞先生全力的支持。

「如果周院判在背後呢？如果是周院判的關門女弟子呢？」蘇清悅說道。

莊蕾笑著搖搖頭。「清悅姊，妳太異想天開了。這種厲害的老太醫，怎麼可能會為我這個小丫頭說話？」

蘇老夫人頓了頓。「這也不是不可能。我家老爺於周院判有恩，若是他去說，很有可能成功。」

「母親，花兒很有天分，若能有大師帶她，前途不可限量。」蘇清悅對蘇老夫人說道。

莊蕾沒鬧明白，這是幹麼？要把她介紹給周院判當弟子？

第四十章 手術

「清悅姊，這個就不勞費心了，如今我拜在聞先生門下很好。我這個年紀，還是多接觸病人的好。周院判是太醫中的翹楚，我這等底子過去，要被人笑話的。開開玩笑便罷，可不能當真啊。」

「妳幹麼妄自菲薄？母親的病，太醫院沒法子治，你們都醫好了。我倒是覺得，周院判若能得妳這樣的徒弟，定然也願意。」蘇清悅還在說服莊蕾。

「這是聞先生剛好有研究，我不過是替老夫人切掉背疽而已，哪裡能貪了這份功勞？」

蘇老夫人正色道：「莊娘子，清悅說得有理。我們定然要謝聞先生，但給妳一個前程，也是應該。所謂登得高，看得遠，如果妳願意去京城，我家相爺可以安排妳家小叔進西麓書院。妳跟著周院判學上三、五年，進入太醫院，以後做個女醫官，或者自己開醫館都行，我也算是還了妳的情分。」

莊蕾想，若她真是普通的小郎中，一定不會放過這樣一步登天的機會。只是，論基礎，前世她已經打得夠紮實，今生她更喜歡和聞先生的相處方式。說是師徒，實際上是互相學習、互相探討的同事和朋友。

周院判固然有很高的造詣，但他願意真心實意教她這個小丫頭？她也未必認同周院判這樣老派的太醫，至少從許太醫身上看得出來，他是一個喜歡讓人背無數古方的人。再說了，這裡還要生產青橘飲，她怎麼可能去京城。

莊蕾站起來，深深地向蘇老夫人行了個禮。

「多謝夫人為我如此考慮，只是我拜入聞先生門下不久，這個時候貿然離開，並非君子所為。更何況，人貴自知，如同上學總是要從啟蒙開始的。以我之能，跟著聞先生剛好，聞先生也缺我這個助手。」

「倒是我的師兄，他是聞先生的孫子，自幼便跟聞先生習醫。若是能去京城，跟著名醫多開眼界，或許對他是件好事。」

見莊蕾想把機會讓給聞海宇，蘇老夫人就沒了興致。「看來，是我一廂情願了。」

「蒙老夫人有心，我也有事拜託老夫人。」

「妳說。」

「這段時日，小叔身體剛剛有些好轉，如果能拿到歷年各州府院試前三名的文章，讓小叔在家看看，多多練習揣摩，以後要過生員這一關，也不是難事。」

蘇清悅還要勸莊蕾，卻聽蘇老夫人說：「人各有志，再說下去就是強求了。莊娘子有什麼需要我們幫忙的，儘管向我們開口。妳說的這些文章，我讓人拿來就是，不是難事。」

「多謝老夫人。過兩日，我再來幫您診脈。」莊蕾謝過蘇老夫人。

蘇清悅送莊蕾出門，小聲念叨。「妳這丫頭怎麼回事？好不容易趁著我娘對妳有好感，可以幫幫妳，怎麼就拒絕了呢？」

「清悅姊，多大的頭戴多大的帽子，沒有金剛鑽，不攬瓷器活。多謝妳為我考慮，現在我還是認認真真跟著聞先生行醫吧。」

莊蕾說完，揮手與蘇清悅道別，心裡卻覺得怪怪的。她雖然幫了她們娘兒倆，但畢竟是以聞先生的名頭，她們怎麼會想到要帶她去京城？

這個機會看上去合情合理，但天上掉餡餅這種事，實在有些不可靠啊。

莊蕾回到壽安堂，走進後院。

聞先生和聞海宇站在牆角的石桌邊，不知道在說什麼。

聞海宇看見莊蕾，抬起頭說：「師妹，妳過來看看。」

莊蕾上前，發現他們祖孫倆手裡按著一條狗，疑惑道：「這是做什麼？」

聞海宇說：「我和爺爺說，想幫牠……」說到這裡就停頓了。

「去勢？」

聞海宇臉一紅，點點頭，欲蓋彌彰地說：「這條狗是隱……」

莊蕾笑開。「我知道了，隱睪，所以你想閹了牠。師兄，是新訂的手術刀來了吧？你想試試？」

上次幫蘇老夫人切除背疽後，莊蕾就找人訂製了手術刀，方便以後使用。

聞海宇聽她說得如此無所謂，臉一紅，點頭回答。「嗯。」

聞先生說：「剛剛灌了麻藥，看起來有效。」

莊蕾見黃狗下體的毛已經被剃乾淨，道：「我來示範，等下先用鹽水和青橘飲沖洗。這些準備好了嗎？」

「準備好了。」

「那我們進去。」

三個人做完準備工作，一起進了特別闢出的手術室。古代的潔淨程度肯定不夠，幸好製出了抗感染的青橘飲。

莊蕾執起刀，劃開黃狗下腹，從切開到縫合整個過程，講解得很仔細。

聞海宇認真聽著，看完莊蕾用絲線進行縫合後，還意猶未盡。

莊蕾洗完手，摘下臉上的口罩。「師兄，你用兔子好好練。」忽然想起一事。「明天把黃成業叫來，我們一起去他們家的倉庫看看。年前修整好，年後就能開始蓋藥廠了。」

聞先生點頭。「行，阿宇去跑一趟。」

等聞海宇走遠，聞先生問莊蕾。「蘇老夫人如何了？」

「泰半恢復了，但她的肺因為這次的病發了肺癰，就算好了，也引出冬日咳喘的老毛病。這次她會留在遂縣過冬，我再幫她調理調理。她還說，可以讓我拜入周院判門下。」

「周院判門下？她要帶妳去京城？」

「沒錯。」

「京城出頭很難，有才學的人太多……」聞先生說著，覺得這話有些不妥。「不過，以妳的才能，定能嶄露頭角。」

莊蕾笑著看向聞先生。「爺爺說什麼呢？原本我不想跟您說的，就怕到時候蘇家有什麼風言風語傳您的耳朵裡，生了嫌隙才沒意思。我已經拒絕蘇老夫人了，我還是希望能推廣青橘飲，救更多的人，也想跟著您把壽安堂做出真正的名氣來。」

聞先生反應過來，莊蕾哪裡需要師父？是她可以成為別人的師父，不過是要藉個由頭行醫罷了。

至於誰是她的師父，真的不重要，是他想岔了。

莊蕾回家吃過晚飯，把明日要用的葷菜全部汆燙之後，張氏叫了一家人去客堂。客堂裡燒著炭，張氏炒了花生和葵花籽，一人拿了一把，圍著炭盆嗑瓜子。

張氏說：「冬至要到了，咱們休息一天，一起回家一趟，去你們的爹和哥哥墳上磕個頭，燒點紙錢。」

「娘，咱們不懂這些老規矩，可要準備什麼嗎？」陳熹道。

「鄉下規矩不多，我準備好了，你們跟著過去就行。」張氏轉頭看向莊蕾。「快過年了，咱們一家今年都在孝裡，明兒下午去一趟裁縫鋪子，每個人做兩身衣衫。穿上簇新的衣衫，心裡也舒坦，希望來年能順順利利的。」
張氏說這話的時候，臉上是帶著笑的。
莊蕾見狀，很是欣慰。雖然打擊很大，至少現在看來，家裡沒有被壓垮。
陳熹道：「阿娘說得是。這幾日我探聽了，咱們縣裡有個老夫子，在淮州的青山書院教過書，如今在家開私塾。我上門跟老夫子聊過幾句，他讓我開春後帶三郎去上學。我打算後年考府試，先拿下生員的功名。」
「二郎，你的身體可吃得消？」張氏問他。
陳熹看向莊蕾，莊蕾放下瓜子。「二郎的學問也不差，只是生病之後，沒心思讀書罷了，溫習之前學的，應該不困難，身體也吃得消。倒是家裡的鋪子，兩個男娃都走了，娘和月娘肯定忙不過來，不如請信得過的街坊幫忙？」
陳熹立時接了莊蕾的話。「我也覺得有必要。嫂子開春後會很忙，請鄰居幫忙比買人好，一個月算一次工錢便可，阿娘和大姊也不要太累了。」
張氏側過頭看莊蕾。「這麼辛苦嗎？」
「黃老太太和壽安堂合股，打算開製藥工廠，黃老太太先拿銀子出了本錢。」
莊蕾想說那五萬兩白銀，想想還是別嚇著張氏了，便笑了笑。「這座藥廠，我占了四成的股。」
「四成?!」張氏站起來。「妳還是個孩子，人家給妳這麼多做什麼?咱們也沒有這麼多的錢可以投進去。」

「一文錢都不用投，之後拿分紅就好。」莊蕾看向張氏。「娘，我最近琢磨出一張方子，是最近在用的青橘飲，效果很好。」

「妳琢磨出藥方是應該的，聞先生肯收妳為徒，已經很好了。咱們不能要這個股，妳跟我過去，把乾股退了。」

「阿娘，聞先生不傻，黃老太太更不傻，您先別急。」陳熹勸道：「人家是想讓嫂子認認真真在裡面幹活，才給這些。沒有嫂子，這件事興許幹不成。您看看咱們家的小鋪子，現在生意紅火，斜對面開了一家跟我們差不多的鋪子，生意好不？有這個人和沒這個人，完全不一樣。」

聽陳熹這麼一說，張氏頓時覺得有道理，不那麼著急了，囑咐莊蕾。「不該拿的錢，千萬不能拿，知道嗎？」

「知道。娘，我先去幫二郎艾灸，寒冬臘月，剛好讓他去去身體裡的寒氣。」

「先燃上屋子裡的炭盆，當心著涼了。」

莊蕾點頭應了。

莊蕾進了陳熹的屋子，先點炭盆，兩人圍著炭盆烤火。

「嫂子，幸虧妳沒說出五萬兩銀子的事。否則，阿娘豈不是要嚇暈過去？」

「阿娘心善老實。今日我去見蘇老夫人，感覺有些不對勁。」

莊蕾將今日見蘇老夫人的經過說給陳熹聽。「你說，她一個一品誥命，真能去找大津醫界第一人來當我師父，有這麼容易？」

「會不會是她想帶妳離開遂縣呢？」

「帶我離開做什麼？」

「我也不知道，反正她不希望妳留在這裡，又捨不得扔了妳，乾脆替妳謀個前程，留在身邊。這不就是京城中常見的手段嗎？」

莊蕾有些納悶。「沒道理啊。我在遂縣礙不著她什麼，她女兒還有個信得過的郎中。」

「那我就不知道了。也許咱們都想多了，人家只是想幫咱們一把，答謝救命之恩。」

「西麓書院很好嗎？」

陳熹閉上眼，想了想。「全是權貴子弟，說不上好，也說不上不好。先生肯定是最好的，現在咱們家沒有權勢進去，未必能跟裡面的學生合得來。」

陳熹說得很委婉了，以前他是以侯府世子的身分進去，現在是靠著相府的關係，可想而知有多尷尬。

「再說了，我們若是去京城，豈不是方便了謝景同？」

「誰？」

「安南侯。」

「哦，也是。不過，我向她要了歷年院試的答題文章，考試也要靠些技巧的，你說呢？」前世她好歹經歷過升學考試，參加不少競賽。再難的考試，也是有套路的。

「嫂子，妳的本事太大，居然連這個都懂，好似妳參加過科考似的。」陳熹玩味地看著莊蕾。「有些事，妳要不要跟我說說？」

莊蕾按了按他的腦袋。「知道太多了，命不長。為了讓你長命百歲，還是不要知道的好。脫衣衫，我幫你艾灸。」

陳熹樂呵呵地把衣衫脫了，露出背心。

莊蕾說：「你身上又長肉了。第一次幫你針灸的時候，簡直是皮包骨頭。現在這樣，才是少年郎該有的樣子。」

莊蕾溫暖的手指按在陳熹背上，取穴位艾灸。「覺得太燙要跟我說，知道嗎？」

「嫂子，男女七歲不同席，咱們這樣於禮不合。」陳熹趴在枕頭上說。

莊蕾一手拿著艾條、一手敲了敲他的後腦勺。「什麼亂七八糟的？你一個小孩，計較這些幹什麼？這些都是糟粕。」

陳熹側過頭。「嫂子，妳也識字，應該懂這些的啊。」

「那你知不知道，七歲不同席的意義在哪裡？」

陳熹到底是個孩子，心裡知道一些似是而非的東西，又說不上來。

莊蕾觀察他的表情，大郎和公爹都去了，這孩子馬上要進入青春期，雖然看上去是個小大人，但那是受了京城的環境影響。

不過……安南侯府應該沒有給他講解這方面的知識吧？

前世，她的媽媽從小就開始培養她在性別上的意識。到了青春期，怕她叛逆，又怕她沒有個性，變著法兒跟她溝通。

青春期的教育很重要，但從古至今都缺乏。

莊蕾道：「你倒是提醒了我，我寫一些男子在發育階段會遇到的身體變化給你看。你看完了，也跟三郎說說。」

陳熹一愣。「什麼？」

「過年你就十三了，這幾年會開始猛長個子，身體上也會有很多變化。之前侯府大概也沒人教你該注意什麼，叫娘來說，她肯定說不出口，也不完全懂。我有點醫家的知識，幫你整理一下。」

陳熹把臉悶在枕頭裡。「嫂子，咱們不說這個了行不行？我總覺得，京城裡的那個人不會就那麼簡簡單單地放過我們。」強行切換話題。

莊蕾順了他的意思說：「那就給他點音訊，比如我們託蘇老夫人傳點東西過去，讓他知道我們跟蘇家之間有關係。蘇家跟安南侯府關係怎麼樣？」

「安南侯府是勛貴，蘇家是文官清流，不屬於同一個派系。具體如何，我也不清楚，但蘇家的地位要比安南侯府高。」

「明天咱們一起去縣衙見見蘇老夫人。你買兩雙蒲草拖鞋給安南侯和夫人，再寫封信，就說雖然不能做父子，還是感激他們養你這麼多年，說拖鞋是你親手做的，如今你的身體已經大好，請他們放心。再以阿娘的口吻寫一封信，捎一罈家裡的鹹蛋過去，算是給阿熹的。」

一會兒後，莊蕾替陳熹艾灸完，將窗戶打開散散味。

陳熹穿上衣衫，開始提筆寫信了。

莊蕾回了自己房裡，鋪開紙，整理腦海中的青春期知識。

什麼是青春期？青春期會發生什麼變化？當這些變化來臨時，如何應對？她整整寫了十幾張紙，而且還以前世著名書畫家孫女的底蘊，務求圖文並茂，簡單易懂。

隔天，莊蕾去壽安堂坐診之前，把這些紙交給陳熹，千叮嚀萬囑咐。「我跟你說，你真的需要好好看看，迎接人生最大變化的階段。」

「知道了。」陳熹接過，塞進抽屜裡。得空翻看時，立刻被裡面的內容弄得面紅耳赤。

最後一頁，莊蕾講的是兩性之間的相處，貴在自然大方，適當保持距離，把握尺度。

這個嫂子，真是……

第四十一章 鬧劇

張氏聽陳熹說，想託蘇老夫人幫忙送信去安南侯府，想到陳熹愛吃油饊子，又想到陳熹愛吃炸小貓魚，興致勃勃地打算多準備些陳熹愛吃的送過去。

莊蕾阻止她，京城路途遙遠，這些東西一壞就沒辦法吃了，讓張氏有些掃興。

陳熹勸張氏。「阿娘，所謂千里送鵝毛，禮輕情意重。」

「不知道這輩子還能不能見到阿熹。」張氏有些落寞。這句話讓莊蕾想起書裡的情節，張氏確實是到死都沒有再見到陳熹。

莊蕾笑著安慰她。「娘，以後咱們也可以去京城看看阿熹啊。」

張氏這才露出笑容，一家人上街置辦年貨，先去了裁縫鋪子。

原本張氏還擔心，陳大官人去了，以後家裡沒有進項，日子難過。不想家裡的田地租給三叔他們種之後，收成竟是不錯，又有小鋪子維持一家人的開銷。一年算下來，大概還能盈餘不少。

如今陳月娘和張氏都在忙鋪子的事，沒工夫自己做衣衫，莊蕾就更不用說了。

張氏拿了幾疋家裡的細棉布，請裁縫師傅幫一家子做些日常幹活的衣衫，又在鋪子裡挑了一塊米色的緞子。

「花兒，妳來試試這塊料子。」

莊蕾一看是緞子，忙擺手。「不用那麼好的。」

張氏一把拖她過去，比了一下，道：「師傅，這塊給她做件小襖。」

裁縫師傅聽了，另拿了塊紗料，對張氏說：「這塊紗罩在外頭，裡面用緞子做裙子，門襟和袖口繡上藍色纏枝蓮紋，配成一套可好？我自認繡工還行，這幾日做也趕得及。」

張氏點點頭。「行，就這麼辦。」

莊蕾跺腳。「娘，我不用這麼多衣裳。」

張氏沒理會她，又幫她挑了兩身衣裙，才將她拉到一旁念叨。

「妳這丫頭怎麼就不明白呢？如今妳要坐堂，又到了及笄之年，不能再跟以前在村裡一樣了，穿出去的衣衫總要體面些。」

陳月娘也做了兩身新衣。張氏又幫陳照和陳熹挑了好幾身，以後上學穿。

原本陳熹說少做幾些，張氏笑了笑。「你看看自己身上那些衣衫，都快穿不下了。咱們換新的。」

在裁縫鋪子花錢花得還不過癮，張氏又帶莊蕾進了首飾鋪子。

鋪子不大，東西也不多，張氏開口道：「掌櫃，簪子做好了嗎？」

掌櫃應聲，取出一只盒子。盒裡躺著一根銀簪，上頭綴了幾顆白色珍珠。

張氏遞給莊蕾。「花兒，可喜歡？」

莊蕾推了推。「娘，首飾就不要了。」

「這是妳及笄用的簪子。過了年，等妳生辰那天，一家子吃個麵，幫妳插上簪子，就真成大姑娘了。以後妳出診，頭上總戴著白花不好，換成這根簪子，白色珍珠也不突兀。」

這一世來陳家之前，莊蕾從沒有想過生日的事，直到陳家要交換庚帖，才知她娘居然說不出她的生辰八字，只記得她跟隔壁村的某個孩子是同一天出生的，比那個孩子早了一個時辰。因為穩婆接生完，就被接去隔壁村接生了，她娘才記得的。

張氏按照翠娘的印象，去找那戶人家打聽那個孩子的生辰，推算出莊蕾出生的時辰，這才合了八字。

來了陳家，每逢莊蕾的生辰，一家人會一起吃麵。張氏還會在灶臺上擺一碗麵，點上三炷香，要她去向灶王爺磕個頭，然後聽張氏在一旁念叨。「灶王爺在上，保佑孩子順順利利，無病無災。」

莊蕾想起往事，又想著及笄之後，原本該跟陳然圓房，從此夫唱婦隨，一時神情黯然。

陳月娘看出她心裡難受，過來拉她的胳膊。「幫我選兩盒口脂？最近嘴唇老是裂開。」

陳熹湊過來說：「嫂子，我們不是還要買蒲草鞋嗎？走吧。」

莊蕾看著陳月娘和陳熹，笑了笑。「走！」

蒲草鞋挑起來方便，口脂卻難了。陳月娘無所謂，莊蕾卻受不了那些東西的味道，想想口脂做起來又不難，便拖了陳月娘出去，她回家做兩盒來用就是了。

午後，陳熹和莊蕾拿了信，一起去縣衙後宅求見蘇老夫人。

蘇老夫人瞧見莊蕾帶著那個被調換回來的陳家二郎過來，有些疑惑。

莊蕾行了禮。「老夫人，我在家裡提起您，二郎說安南侯府養育他十幾年，年底了，想寄點東西給侯爺夫婦，表個心意。家中婆母也想念阿燾，想送幾個鹹鴨蛋給他。不知道您這裡有沒有人年前會去京裡？」

蘇老夫人打量著陳熹。「以前聽說安南侯府的世子是個俊秀少年，如今一看，果然如此。世事多變，回來了也好，陳家雖只是小康之家，但家裡和和美美的。」

陳熹笑著彎腰。「老夫人說得是。這些日子，與阿娘、姊姊、嫂嫂相處，家中雖無潑天富貴，卻是和睦。也是機緣巧合，聞先生治好了我的癆病。家中阿娘善良，常常思念去了京城的謝家公子。侯爺和夫人興許也掛念我，如今身體好了，便說一聲，讓他們放心。」

蘇老夫人聽到這裡，讚了一聲。「是個純善的孩子。剛好今日我這裡就有人回京城，這些書信和物件，我會寫信讓我家三郎親自送到侯爺手上，你就放心吧。」

陳熹深深施禮。「多謝老夫人。」

等叔嫂倆離開，蘇老夫人叮囑去京城的心腹。「讓三郎打聽打聽，這位陳家二郎以前在安南侯府是什麼樣的人。」

「阿娘，您為何要打聽陳家二郎的事？」蘇清悅不解。

「當初陳家二郎被選為皇子伴讀，安南侯去宮裡求了皇上，替他回絕這件事。再後來，陳家二郎就得了癆病，接下去又說抱錯，這裡的彎彎繞繞太多了。我跟妳說過，這個莊娘子心機頗深，即便為她所用，咱們也要知道，他們到底用我們做什麼。」

「阿娘說得是。只是，他們能利用我們什麼？最多就是向侯府炫耀，他們跟我們家攀上關係了。」

蘇老夫人笑了笑。「若是這樣，給她攀一攀也無所謂。」

冬至那日，家裡的鋪子關門歇業，莊蕾向壽安堂借了馬車，張氏帶著一家子回小溝村。

李家村和小溝村的墳地緊挨在一起，這一天又是落葬和祭祖的日子，一時間，荒涼的墳地異常熱鬧。

陳照從莊蕾手裡接過抹布，把父子倆的墓碑擦乾淨。

莊蕾打開食盒，把酒菜擺在地上，跪在陳然墳前。

「哥，你放心，我護住了月娘，她回來了，也把她的嫁妝要回來了。你說，只要有咱們一口飯，就有月娘一口飯，我做得到。」

陳熹在莊蕾身邊跪下。「大哥，雖然我沒有見過你，但是聽阿娘和嫂子說起，沒能跟在你身邊當過一天弟弟，很是遺憾。以後我會護著阿娘、大姊和嫂子。」

李家的族長看見他們一家，走過來問：「莊娘子，江玉蘭過來求我替她作證，寫一張診金的欠條，說是妳要的，可有此事？」

「有，她那個病難治，耗費不少。原本她沒錢就不能治，但是看她可憐，還有兩個孩子需要撫養，才想救救她。只是，您知道二百兩銀子不是小數目，最後我和聞先生商量，先醫治她，讓她暫時欠著診金。我怕她賴帳，所以請您做個見證。」

「可她真要賴帳，我作證也沒用啊。」

「有您在，我心裡踏實些，至少以後催帳，您也能幫我作證，算不上是欺負孤兒寡母，您看行嗎？」

「就怕妳救了人，到時候還落不得好。」李家族長搖頭說道。

「不過是留半分善念罷了。」莊蕾嘆一聲。「她這個病，恐怕傳給了不少人。」

李家族長也搖頭，自然有人向他打聽，問他跟小溝村的小寡婦聊什麼？

「妳是惻隱之心，只是被救的人恐怕不這麼想……」

莊蕾看著眾人指指點點望向這裡，就知道有效果了。江玉蘭是個藉口，她需要把能治花柳的事傳出去，讓李家知道。

經過幾天的治療，江玉蘭身上的疹子已經退下去，但因為她去求李家族長幫她立下欠條，才讓整個李家村都知道她得了髒病。

轉眼到了年底，過了臘月二十三，家家戶戶開始打掃，哪怕河水冰冷刺骨，也熱鬧異常，陳年舊貨都要拿出來清洗晾曬。

李婆子去河邊洗衣衫，聽那些婦人說：「江玉蘭真成了爛貨，聽說渾身都爛了，還沒錢醫。為了治病，她去族長家裡跪了一天，聞先生看兩個孩子可憐才答應她，一起去城裡簽了欠條。」

「那後來病可治好了？」

「應該是治好了吧？昨日看她出來，臉上的疙瘩都沒了，也不罩著衣衫了。」

「髒病還能治得好？」

「她是找哪個郎中看的？」李婆子問道。

最近躺在床上休養的李春生一直喊骨頭疼，渾身疼，這兩日身上開始起了疹子。昨日請郎中過來看，說像是花柳病，問他有沒有跟什麼不乾淨的女人睡過？還說得了花柳病，多半沒救了，以後爛鼻子、掉頭髮的都有，精氣漸漸耗盡，人也就歿了。

既然江玉蘭能被治好，她家兒子是不是也有救啊？

正在說話的當口，一個五大三粗的女人手裡拿著菜刀，虎虎生風地走來。

有人喊她。「馮嫂子，妳這是做什麼？」

「劈死江玉蘭那個不要臉的賤貨！」黑胖的馮嫂子回答，往李家村裡走。

「走，看熱鬧去。」洗衣服的婦人也不管李婆子還等她回答，放下洗衣棍追上去。

看熱鬧的人往江玉蘭家走，聽見馮嫂子大吼。「江玉蘭，臭不要臉的爛貨，滾出來！」

馮嫂子是馮屠子的娘子，和馮屠子一起經營小鋪子，殺豬賣肉。馮屠子懶散，殺完了豬就算完事，顧攤剁肉全是馮嫂子在幹，還要照顧兩個孩子。

大家都知道馮屠子時常來找江玉蘭，只有馮嫂子不知道，以為馮屠子進城聽說書去了。

馮嫂子把門拍得震天響，恨不得拍裂了，有人對她說：「馮嫂子，可能沒人在吧？」

「那她去哪裡了？」馮嫂子側過頭問。

那人正要說去菜地裡找找，屋裡卻傳來孩子的哭鬧聲。

馮嫂子聽見，用腿死命一踹。她平時砍肉練出了力氣，這一腳踢得本就不算太牢的瓦房掉下許多灰來。

「開不開？不開，我砸了妳的狐狸窩！」

正待馮嫂子從地上搬起一塊石頭，要砸上去的時候，門打開了。

江玉蘭站在門口。「馮嫂子要做什麼？」

「我殺了妳這隻狐狸精，我家那個死鬼要被妳害死了！」

「誰害死了誰？原本我身上是乾淨的，是妳男人把病傳給我！」江玉蘭走出去。「妳家男人身上有髒病，我還沒找他算帳，妳倒來找我了？」

馮嫂子聽見這樣的話，被徹底激怒，大叫一聲。「野雞，我殺了妳！」

一旁的大嬸趕緊勸馮嫂子。「這要出人命的，不值得！」

馮嫂子放下手裡的刀，衝上前，一把揪住江玉蘭的頭髮。

江玉蘭吃痛，掙扎起來，掉了一綹頭髮。

馮嫂子本就身材魁梧，一個撲上來，把江玉蘭壓在地上，一邊罵髒話、一邊狠命地搧她耳光。

兩個孩子看見這種情形，哪有不怕的？哭得聲嘶力竭。

王婆子出來，摟住了兩個孩子，蒙著他們的眼。「乖乖，不哭。」

起初，江玉蘭還慘叫兩聲，後來索性咬住嘴唇悶哼，不吭聲了。

一旁有人喊：「馮嫂子，算了，再打要出人命了。」

李婆子見狀，跟著衝過去，一腳踢在江玉蘭腿上。「都是妳這個爛貨害了我家六郎！」

馮嫂子撕破江玉蘭的舊棉布襖子，露出裡面白白嫩嫩的皮肉。

江玉蘭驚叫。「放開！」

「男人壓妳的時候，妳怎麼不叫啊？今天我就讓人好好看看妳這不要臉的東西！」馮嫂子扯開江玉蘭的衣衫。「喜歡別人看妳身子是吧？現在妳開心了？讓大家瞧瞧，不要臉的女人，身子到底是怎麼樣的？」

江玉蘭衣衫破碎，躺在地上，久久無法起來。

馮嫂子發洩完，扭著她的水桶腰走了。

李婆子再踢了江玉蘭一腳，罵一聲。「怎麼沒打死妳？賤貨！害人精！」

江玉蘭目光空洞，呵呵笑了聲，幽幽地說了一句。「妳兒子……那個小寡婦肯救他？」

「妳說什麼？」李婆子低頭問她。

江玉蘭抬起手，擦了擦嘴角的血漬。「妳知道我的病是誰治好的嗎？就是小溝村的陳家小寡婦，莊花兒。」

李婆子一聽，踉蹌地後退一步，莊蕾從他們家抬走家什的情景歷歷在目。

第四十二章 上吊

江玉蘭很是艱難地從地上爬起來，王婆子趕緊過來扶她。

她看了看自己被撕開的衣襟，對圍觀的人叫了聲。「看什麼看，我是不要臉，又關你們什麼事？就知道罵我，有本事也死了男人，一個人拖著兩個孩子過過看？」

快過年了還聽見這種話，怪倒楣的，圍觀的人一哄而散。

江玉蘭關了門，撲在床上，捶著床大聲哭嚎起來，恨她死去的男人，恨她的命！

哭累了，她看著兩個和她一樣哭啞了嗓子的孩子，心底一陣悲涼。

她掙扎著活下去，現在身上背著一身的債，人人都在笑話她。得過這種病，她也不敢再賣身子了，也沒人敢要她，以後靠什麼還債，靠什麼養活孩子？

唯有隔壁的王婆子心善，男人跟兒子全染病死了，她一個人活到這個年紀，挺可憐江玉蘭，平日幫她帶帶孩子，也不嫌棄她亂來。

江玉蘭燒了一鍋水，替兩個孩子擦臉，自己也擦了，幫孩子們換上乾淨的衣衫，帶著他們去了王婆子家。

王婆子見她被打得臉上青一塊、紫一塊，勸道：「玉蘭，想開點，妳得為孩子們活下去不是？」

「大娘，您幫我看著阿牛和妮妮。我去趟城裡，莊娘子讓我今天去複診。」
「要不，妳明天再去吧？」
「不了，跟她約好了。」江玉蘭轉過頭，用手抹了抹臉，往外走去。

王婆子總覺得不太放心，心裡發慌，在家裡坐立不安。
她把孩子關在家裡，出門去江玉蘭家，看著門口緊閉，便貼著門縫往裡面看去，卻見江玉蘭已經掛在繩上，一腳踢開了凳子，嚇得猛拍門。
「玉蘭，妳別犯傻！來人，救命啊，玉蘭上吊了！」
一聽見喊救命，附近鄰居連忙跑過來，幾個男人踹開門，救下江玉蘭。
王婆子拖了兩個孩子過來。「玉蘭，妳睜開眼看看兩個孩子，妳還有孩子啊。」
一陣忙碌之後，江玉蘭睜開了眼，望著頭頂上瓦片縫隙裡透出來的光。兩個孩子趴在她身旁，哭得喉嚨都啞了。
死了一次，便下不了決心死第二次。
可她不死，又能如何？

另一邊，黃成業帶著自家管事來壽安堂，和莊蕾、聞家祖孫一起聊藥廠的事。
黃成業做事糊塗，讓他辦點事情，簡直就是一言難盡。

「黃成業，叫你年前一定要完成的，現在臘月二十五了，你在幹什麼？一個月的時間，你就幹了這麼點事，連幾間屋子分隔開來都沒有辦成？」

「姑奶奶，快過年了，妳讓我去哪裡找那麼多的人幹活？」

莊蕾抬眼看著黃成業。「當時你答應我的時候是怎麼說的？現在找理由？大半個月荒廢掉了，這是你的責任。你去找你祖母，向她討教經驗，遇到這種事情要怎麼做，別來問我，我只管向你要結果。」

黃成業嘟嘟囔囔地離開，出了門看見天上的太陽，恨不能來道悶雷把他劈死算了。一個小姑娘家凶悍成這樣，他倒了八輩子楣，才跟著她幹活。

接著，莊蕾和聞海宇進去看聞海宇的縫合術試驗，一邊是術後飲用青橘飲的五隻兔子，進食狀況和精神都很好，活蹦亂跳的。另一邊也是五隻兔子，三隻恢復得不錯，一隻死了，另一隻傷口出現感染，見不到今晚的月亮了。

以古代的環境來說，如果沒有抗生素，動手術基本上就有一半的風險。

「莊娘子！」

莊蕾聽見有人喚她，側過頭去，店裡的夥計說：「外頭有人請您出診。」

莊蕾站起來，年底還需要她出診的，多半是急診或耽擱不得的病人。

她出去，見是李家族長，忙道：「您怎麼來了？」想問他家是否有誰病了，又怕快過節了，這樣問冒犯人家。

「玉蘭尋死了，如今半死不活躺在床上，妳過去看看？」李家族長說道。

「啊？」莊蕾驚訝，沒想到江玉蘭會尋死，趕緊跟李家族長上車。

李家族長念叨。「本來我是不想過來的，可我是在你們的欠條上按手印的人，玉蘭若是死了，你們的錢便打水漂了，那可不是一個小數目，我少不得來走一趟。你們之間做個了斷吧，我看她肯定是還不出錢了，就算把她一雙兒女都賣了，也沒幾個錢。」

莊蕾也沒想到，看似堅強，在那樣的風雪裡都能堅持下來的女人，會丟下兒女尋死。要是當時她不管江玉蘭，江玉蘭定難活命。既然她治了，又聽見這個消息，心裡實在不是滋味。

一會兒後，莊蕾跟著李家族長下了車。她在李家村也算是名人了，之前來搬嫁妝的潑辣樣子，誰不認得她？

這才過沒多久，如今她揹著藥箱，一身素淨衣衫，看上去文靜得很。壽安堂的車夫護著她往江玉蘭的屋裡走。窸窸窣窣的討論聲響起，她家跟李家的事又被扒出來嚼舌根。

江玉蘭家是真窮困，房裡只有一張舊床，用四根竹竿撐著床板，一頂補了好幾個補靪的帳子掛在竹竿上。

江玉蘭躺在床上，臉上如開了染坊，青青紫紫好不精采，眼角還有淚痕。

王婆子正和其他婦人安慰她，見莊蕾過來，站起來叫了一聲。「莊娘子。」又上前道：

「莊娘子，我知道妳看不上玉蘭，可她也沒辦法……」

莊蕾自問，若只是出於憐憫，她是不會救江玉蘭的，她是別有用心。不過，現在她心裡卻是另一番感覺了。

「江玉蘭，既然妳要死，當初為什麼不任由自己生病，或者那個時候就去死？妳跪在雪地裡時，也沒想要死啊！因為別家女人打上門，妳就不打算活了？偷人家的男人，被打也正常，挨著不就過去了，上吊做什麼？妳欠了那麼多銀子，妳死了，難道要我賣妳的兒女，讓他們來償還？」

李家村的人都知道小溝村的小寡婦莊花兒做事夠狠辣，這會兒居然連要賣人兒女的主意都說出來了。

江玉蘭睜開眼。「莊娘子，欠妳的，我來生做牛做馬還。」

「下輩子？這是賴帳！」莊蕾冷哼一聲。「妳是因為得過這種病之後，沒辦法賣身了，所以才絕望嗎？江玉蘭，妳除了賣身，就不會別的了？要是這樣，妳死吧。」

江玉蘭胸口起伏。「莊娘子，妳是來羞辱我嗎？我知道我欠陳月娘，我還不了！」

「妳當然欠月娘，但是沒有妳，李春生也會找別人，因為那個畜生已經被慣壞了，壞到骨子裡。

「我們可以放過李春生，跟他們了斷，為什麼不能放過妳？妳要還的，就是真金白銀。我用壽安堂的藥治好妳，妳不還錢，那就是我虧空。妳覺得我手頭有多少錢可以填這個坑？

「我只問妳一句，願不願意從此苦也好，累也好，認真地過日子，養活兩個孩子，不再賣身？」

「我拿什麼養活兩個孩子？」江玉蘭問她。

「我只要妳回答，願不願意做苦工？當然，不會是那種丟人現眼的事。」

江玉蘭看她。「妳要幫我？」

莊蕾嘆了口氣。「先治病，過了年來找我，我幫妳安排一個活計，妳邊做工邊還錢，還管一日三餐和住宿。妳什麼時候還完錢，什麼時候可以離開。如何？」

江玉蘭疑惑。「真的？妳為什麼要幫我？」

莊蕾低頭看著兩個孩子。「至少妳還知道疼孩子，不讓孩子整日活在驚恐之中。我留兩張膏藥，貼一下就能消腫，這個就不收妳的錢了。」

莊蕾想了想，從懷裡摸出小荷包，掏出一小塊碎銀，放在江玉蘭床邊。「先過年，過完年來找我。」

江玉蘭淚如泉湧，從床上爬下來，跪在地上猛磕頭。「莊娘子，您是我們娘兒三個的救命恩人。」

莊蕾受了她的禮。「行了，那我走了。」

莊蕾出來，便有婦人叫住她。

「莊娘子，能幫咱們家的孩子看看嗎？這些天，他的胃口很差。」

莊蕾走到院子裡，婦人把孩子抱過來讓她看。

莊蕾看過之後，開了方子。「去抓藥，兩帖藥就應該有效果了。」

緊接著，一個老婆子過來說：「好姑娘，也幫我看看，我這腿可怎麼辦？」

「行，誰拿張凳子過來，讓婆婆坐下。」莊蕾說著，幫老婆子挽起褲腿，發現靜脈曲張，搭脈之後看了舌苔，道：「用溫水泡腳，再抓枸杞、川芎……」寫好了方子遞給她。

「枸杞的話，家裡種的可以嗎？」

「可以。其他的藥，你們到藥鋪裡抓就是，不貴的，一個冬天保證吃不掉一兩銀子。還有，您平時用綁帶把腿綁起來，也會好些，然後拍打這裡……」

如此一來，有些小毛病的村人全湊過來，莊蕾看了十來個，道：「各位，家裡還在等著，我得回去了。」

這時，有人叫了一聲。「春生的娘，這不是趕巧嗎，妳也請莊娘子幫妳家春生搭個脈。他不就是被江玉蘭傳染了那種病？莊娘子能治好江玉蘭，興許也能治好妳家六郎不是？」

莊蕾側過頭，看見李婆子轉身就走。

「怎麼，李春生也得了這種病？」

「是啊，剛才江玉蘭被馮嫂子打的時候，她也過來打了。莊娘子，妳會救李六郎嗎？」

莊蕾扯起嘴角。「救是可以救，能不能活就聽天由命了。這種病，你們也知道就是跟閻王爺搶命，要我出手，先還了欠我家的嫁妝，一家子去我公爹和大郎哥哥的墳上認錯，再談治病的錢。沒個二百兩銀子，沒辦法救的。」

「要這麼多錢？妳不是存心要訛李家一筆吧？」

「這位嬸子，妳這話就不對了，我訛他幹什麼？誰來看都是這個價錢。不過，他家敢不敢讓我看，就是另一回事了。」

又有個婦人上前。「莊娘子，我老是嘴巴潰爛，妳幫我看看。」

一位大嬸譏笑。「妳少罵罵人，多積口德，嘴就不會爛了。」

莊蕾道：「平時是不是連一點點瓜果都不碰的？是不是喜歡吃醃菜，不吃新鮮菜的？多吃吃這些東西，就會好些。」看還有人要來，忙道：「我要回去了，家裡人等我吃飯呢。」

馬車駛出村口，莊蕾遠遠看見李婆子，挑起嘴角，給了她一個微笑。

那個笑意，讓李婆子感覺森然……

李家房中，李春生痛苦地叫喊。「娘，我難受……」

李婆子擦著眼淚，坐在李春生的身旁。「六郎，你也吃掉了不少藥，仍不見好。」

「不是說江玉蘭好了嗎？妳找替江玉蘭看的郎中來啊！」李春生說道：「我的病是在她那裡染上的。她能治，我就能治。」

「你知道江玉蘭是誰醫好的嗎？」

「誰？」

「陳家的莊花兒。」

「怎麼可能?!那個小娘兒們怎麼會看病？算了，明天帶我進城，我要去壽安堂。」

李婆子點頭應了，捶著李春生。「都怪江玉蘭那個賤貨把病傳給你，你還被馮屠子打成這樣……」

「妳煩不煩?!」李春生受不了李婆子的嘮叨，低吼一聲。

被李春生這麼一吼，李婆子抹著眼淚說：「我也是擔心你啊。」

第四十三章　試探

莊蕾從李家村回來，發現自家門口停著一輛很氣派的馬車，客堂燈火通明。

陳照瞧見她，快步走過來，叫了一聲。「嫂子。」

「誰來了？」

「安南侯府的大管家來了。」陳照說道。

「就是上回送你們回村的管家？」莊蕾問他。

「是，還帶了好些禮過來。」

莊蕾低頭沈吟。現在正值年關，按理說，管家不是很忙嗎？

莊蕾跟著陳照進了客堂，管家謝福和張氏一起坐著，張氏對莊蕾道：「花兒，來見過謝管家。」

莊蕾沒有行禮，只頷首叫了一聲。「謝管家。」態度落落大方，恍若真將謝福當成了普通下人。

謝福被莊蕾的態度驚到了。侯府管事在京城算不得什麼，但到了外面就不一樣了，來來往往有侯府的腰牌，誰不高看一眼？陳熹以前當主子當慣了，對他冷眼便罷了，這個鄉下丫頭憑什麼對他這般輕蔑？

莊蕾坐在陳熹旁邊，陳熹側過頭對她說：「侯爺收到我們託蘇府送去的信，所以派了謝管家來回禮。」

「都快過節了，還勞管家奔波一趟。有什麼東西，讓蘇府的人帶過來不就行了？」莊蕾笑著道。

陳熹淡淡一笑，接過話。「可不是嗎？原本只是念及多年的養育之情，剛好蘇家有人來回遂縣，便捎點心意過去。」

謝福開了口。「侯爺說，陳少爺回來時，已病入膏肓，聽聞陳少爺好轉，侯爺與夫人也欣喜異常，所以派我來瞧瞧。夫人還說過年要去相國寺燒香還願，可見菩薩真的顯靈了。」

莊蕾挑眉。「我當初就說，養孩子還是陳家會養，管家可還記得？」幫著謝福回憶靈堂上的鵲巢鳩占之言。

「大娘子說得是。到底是誰家的孩子，誰家養著就好。」

原來，安南侯以為遂縣這裡已是翻不起浪來，畢竟陳家的頂梁柱都死了，留下三個女人，還有一個身患重疾的兒子，過了一年半載，差不多就該滅門了。沒想到，蘇府居然拿了三爺的拜帖上門，轉交這點不值錢的玩意兒。

他拆開了信，才知道陳熹壓根兒沒死，病已經好了。但陳熹與侯府並不親近，突然讓蘇府帶東西來，還說得情真意切，必有蹊蹺，便派謝福過來看看。

莊蕾淡笑。「你如何能確認，阿熹肯定不會染上跟二郎一樣的病？不過，阿熹已經這個年紀了，經歷過二郎的事，想來侯爺也能看顧得好些。身為家人，最希望的不是他有多少成就，而是沒病沒災。」

謝福神色尷尬。「大娘子說得是。既然我已經替侯爺將心意送到，就不打擾了。侯爺跟夫人說，以後陳家進京，大可以將侯府當作親戚來往。侯府養了陳少爺這麼久，陳家也養了我們弘益少爺多年，理當往來。」

張氏笑著說：「我們正是這麼想的。雖是老天作弄，可也算一段緣分。以後若有機會進京，定要去侯府走動走動。」

莊蕾點頭。「阿娘說得是。」

張氏提醒她。「花兒也別忘了去謝謝蘇老夫人。」

「曉得了。明日我過去，一定好好謝謝老夫人。」

陳熹站起來。「嫂子，我與妳送送管家。」

兩人將謝福送出門。

謝福本就是個逢高踩低的東西，跟著安南侯送陳熹回來時，下人們多少冷嘲熱諷，都是出自於他的授意。

如今陳熹雖然一身素色布衣，眉宇之間卻沒了那點憂愁，比之當初做世子時更具風采。與陳家這個小寡婦站在一起，若非衣著簡單，和京城的世家子弟相比，不差半分。

吃飯時，莊蕾說了江玉蘭的事。

「方才我在閒言碎語之間，聽到李家村的人說，李春生也得了那種病。」

陳月娘和陳熹聽過莊蕾的判斷，並不覺得意外。張氏卻是第一次聽說，便問：「李春生得了什麼病？」

「花柳。」莊蕾回答。

「啊？」張氏驚訝，看向陳月娘。「幸虧跟他們斷了，不然豈不是害了月娘？」

一家子正在說話，外頭又有敲門聲，陳月娘過去拉開門，是黃成業。

他嗒嗒呼呼地進來。「花兒，人找好了，妳現在跟我說要怎麼幹？」

早上他回去向黃老太太抱怨，黃老太太卻哈哈一笑。

「就是要這樣的姑娘收拾你。之前你有沒有親自去監工？有沒有讓人每天稟報做了多少活計？現在做不完，人家當然不高興了。幸好，離丫頭要求的二月中旬，還有一個多月。」

「什麼一個多月？要過年了，沒過元宵，誰會出來幹活啊？我上哪裡找人做事？」

「碼頭上有多少裝卸工是今天拿到錢，今天才能填肚子的，你知道嗎？我們是過年，他們是挨餓，恨不能有口飯吃呢。」

黃老太太說完，吩咐一個跟了她幾十年的老管事，帶著黃成業出門去辦。

轉了一圈，人找好了，但要是做得不好，最後還是會被莊蕾罵。

黃成業想了想，還是過來找她。

莊蕾扒拉掉碗裡的飯，黃成業大刺刺往陳家的飯桌上一坐，張氏忙問道：「黃大少爺，你吃過了飯嗎，要不要吃兩口？」

張氏本就是熱情好客，說著便進去拿了碗筷。

黃成業跟著老管事忙了一下午，他本就是個紈袴，從沒好好幹過正經活，四個城門走下來，又去請了幾個老匠人，早累得跟條狗似的，忙點頭道：「好啊！」

張氏看桌上的菜被吃了大半，喊莊蕾。「花兒，幫黃少爺燒兩道菜。」

「娘，他沒關係的，隨便吃一點就好。」莊蕾沒把黃成業當一回事。

「快去！」張氏橫她一眼。

莊蕾只得放下碗筷，進廚房炒了小蔥炒雞蛋、胡蘿蔔炒肉片。都是小份的，急火快炒，用不了多少工夫。

黃成業已經餓極，挾了一筷子雞蛋，扒拉兩口米飯，飛快吃掉一碗飯。

張氏看他一臉還沒吃飽的樣子，趕緊再幫他盛了一碗。

黃成業連吃了兩碗，直到最後一筷子胡蘿蔔炒肉片也挾進碗裡，才算作罷。

莊蕾扶額。「你們家不給你吃飽飯嗎？」

「不是妳不讓我吃飽的嗎？」黃成業接過陳照遞給他的茶，一口灌下。好吧！他吃的飯，都是她給的菜單，清淡有營養，而且規定了分量。

黃成業吃飽喝足，張氏帶著陳月娘把桌子收拾乾淨。

因黃成業素行不良，陳熹不放心莊蕾，便坐在旁邊聽兩人說話。

談起正事，莊蕾恨不能好好敲一敲黃成業的腦袋，這貨笨啊！

黃成業沒鬧明白，陳熹卻已經清清楚楚，在莊蕾的脾氣要爆之前，揪住黃成業，幫他解釋起來。

黃成業哀號。「陳二郎，要不你跟我去吧？你跟你家嫂子心意相通，她想的你全明白。」

這一句心意相通讓陳熹一頓，站起身。「我出去一下。」

「你去哪裡？」

「出恭！」

莊蕾看著陳熹的背影。以往那個紙糊的身子已好了大半，倒是可以讓他跟黃成業出去走走，辦辦事。

等陳熹回來，莊蕾便道：「二郎，你在家也沒事，不如跟著黃大少爺一起去看看。下面都有人做事的，不需要你動手。」

陳熹很爽快地答應。「行啊，那我回來跟嫂子說進展。嫂子有什麼要提醒的，我也好及時傳話。」

黃成業高興地拍手。「這樣才好。」

臨走前，黃成業對莊蕾說：「莊花兒，妳真不能再幫咱們祖孫做一個月的飯？」

「你看看我手裡的活兒，我忙得過來嗎？還有你這個不省心的，一點小事都辦不好。」

聽她這麼說，黃成業趕緊低頭往外走，生怕莊蕾繼續罵下去。

莊蕾轉身，才發現陳熹居然和她一起把黃成業送到門口，笑了笑。「這小子不壞，只是被他後娘慣出了一身毛病。」

「是。」陳熹站在她身邊。「嫂子，妳覺得安南侯派了心腹過來，是什麼意思？」

莊蕾側過頭看他。「心虛了？不然何必在這個最忙的時節讓管家跑一趟？所以，你這個時候跟黃家往來，我跟蘇家走得近，都有好處。」

「只要安南侯的心腹確定我們跟蘇家關係深厚，便暫時不會動手弄死我們。」陳熹說道：「勛貴在京城的日子，未必好過。」

「不過，不能讓他感覺出我們已經猜到爹和大郎的死和他們有關。現在是要他們不得不放過我們，等以後我們有能力了，再報仇。」

新年到來，聞先生在門口貼出布告，說臘月二十八到正月十六期間，壽安堂每天只留一個人配藥。如果有緊急的病人，可以直接去他家找他，或者來隔壁找莊蕾。

逢年過節，大家多半希望來年能健健康康，有些不重的老毛病，便不來看了。昨日莊蕾也跟聞先生商量了，今天要是事情不多，下午就收拾收拾，回家過年算了。

莊蕾吃過早飯，從鋪子裡出來，發現病人果然不多，卻瞥見李老頭在排隊，李春生母子躲在背風的角落裡等著。

馮屠子也被馮嫂子拉出來看病。

這女人真是讓他丟臉，鬧得全村都知道他得了髒病。聽說江玉蘭是莊蕾看好的，又聽說莊蕾是聞先生的小徒弟，便去排聞先生那一隊。

今天的病人不多，等的時間也不長，但對他來說，看病就該跟賣豬肉似的。排了一會兒，他已經耐不住性子了。

馮嫂子好聲好氣地勸馮屠子，輪到他時，聞先生看了他的症狀，指了指旁邊。

「你去那個角落裡坐一會兒。等我們把病人看完了，再幫你看。」

「聞先生，您這是什麼意思？排了這麼久，還不讓我看？」馮屠子本來就沒耐心，這下更是火大了。

莊蕾打量馮屠子。論容貌，馮嫂子又黑又胖，確實跟江玉蘭差遠了。可這個馮屠子也跟個黑熊精似的，真是又懶又爛的貨色。

聞先生抬頭看著馮屠子那滿臉的疙瘩。「你這一身的病，萬一傳給別人怎麼辦？先過去坐著等。」還叫人把他坐過的凳子拿走，換了一張乾淨圓凳。

馮屠子還想說話，被馮嫂子罵了一聲。「殺千刀的，叫你等就等，又不是趕著去投胎。」拖著馮屠子去角落。

另一個角落裡，李春生渾身疼痛，頭上斑斑駁駁禿了很多塊，才站一會兒就不行了。

李婆子沒辦法，只好扶著他走到壽安堂外邊的臺階坐下。

這裡緊挨著陳家的鋪子，鋪子裡還在做早飯生意，人來人往。

「陳娘子，一碗粥，兩個饅頭。」

「好，小菜您自己取啊！」

那個輕快的聲音很是熟悉，李春生側頭看去，發現是帶著溫和笑容的陳月娘。

第四十四章　看病

與在李家時完全不同，把粥遞給客人的陳月娘臉頰豐潤，臉上掛著笑，整個人顯得十分有精神。

「三郎，差不多了，你先出來吃早飯吧。」

李婆子一大早就出門，趕了一個時辰的路才到壽安堂，又排了半個時辰的隊。早上吃的一碗粥跟半條地瓜，早已經消化完了。此刻聞到饅頭和粥混合在一起的香味，肚子不覺咕嚕一聲，撇了撇嘴。

「早就說陳家的女人沒一個安分的。一個個拋頭露臉，像什麼樣？」

陳月娘跟著莊蕾教藥膳，一來二往也得了不少好名聲。得知她和離了，如今又沒有孩子，便有人悄悄看上了她。

店裡的常客楊秀才，今年二十五了，家裡媳婦死了兩年，留下一個兒子。他喜愛陳月娘的溫柔賢慧，常帶兒子過來打一碗粥，要一個饅頭，父子倆一起吃。

陳月娘很喜歡四歲大的貴兒，給楊秀才一碗粥之後，又拿了小碗盛粥給貴兒。

貴兒叫了一聲：「謝謝姨姨。」

「去坐吧。」陳月娘揉了揉貴兒的頭。

吃過早飯，客人逐漸散去。陳月娘也盛了一碗粥，加點醬菜，拿一個饅頭，坐下來吃。

張氏出來，跟著陳月娘和陳照一起吃早飯。

楊秀才吃完，帶著孩子過來。「貴兒，叫一聲婆婆和姨姨，我們走了。」

貴兒奶聲奶氣地叫了一聲。「姨姨，婆婆，我們走了。」

「貴兒，明天還來嗎？」陳月娘問道。

「來。」楊秀才說道，牽起貴兒的手，要往外走。

張氏看著如粉團子一般的小娃兒，很是討喜，喊了一聲。「貴兒，等等。」

張氏進去，用荷葉包了幾塊小糕點給他們。「這是我家兒媳婦做的八珍糕，說是給小娃娃吃最好，讓孩子當零嘴吧。」

楊秀才對孩子道：「貴兒，跟婆婆說謝謝。」

「謝謝婆婆。」貴兒很懂禮貌。

「不謝不謝。」張氏摸摸貴兒柔軟的頭髮，瞥見自家牆角邊坐著兩個熟悉的人。

李春生看見張氏和陳月娘與楊秀才父子有說有笑的模樣。陳月娘的溫柔語氣，讓他莫名生氣。

這時，黃家的馬車過來，一個家丁下車，問張氏。「陳家太太，陳二少爺可在？我家大少爺等他一起去城外。」

還沒等張氏回答，陳熹便出了門。「來了，來了。」

他穿著棉袍，小半年養下來，臉色雖然沒有同齡孩子那般紅潤，卻也看不出是個生過重病的人。

「阿娘，那我去了，中午不回來吃飯。」陳熹對張氏擺擺手。

「去吧。」張氏拿水囊給他。「記得別累著。」

「好！」陳熹笑著接過。

上車前，他也瞥見了李春生母子，挑起嘴角冷哼一聲。

這些日子，李婆子本就被李春生的病鬧得心神不寧，瞧見陳熹幸災樂禍的表情，立時暴跳起來。

「你這癆病鬼，笑什麼啊？」

張氏不是個願意多事的人，催陳熹趕緊上車。

陳熹坐上黃家的馬車，撩起簾子，再次對著李婆子皮笑肉不笑地扯了扯嘴角。

李婆子衝上前，吼道：「小畜生，你笑誰呢？你活不長的！」

莊蕾聽見李婆子的聲音，她這裡的病人也不多了，便直接走出去。

「罵誰呢？來看病，還是來鬧事的？鬧事的話，我叫人打出去；看病的話，就給我安安靜靜地等。」

「又不是找妳看病！小賤人！」

莊蕾看著李婆子。「是嗎？這話是妳說的，不要後悔。」

李老頭已經排到了，出來叫道：「快進來看病！」

壽安堂裡的人低聲談論，不知今天會上演什麼戲碼？

李春生進了壽安堂，聞先生讓他把衣衫脫掉。

莊蕾看了一眼，真是噁心，這是有多快才能進入梅毒三期？

聞先生指了指馮屠子待的角落。「去那裡等著。我看完這些病人，再幫你看。」

李老頭說：「聞先生，咱們跑了老遠的路過來，孩子疼得發抖，您能不能幫忙，先看看他？」

聞先生搖頭。「他的病會傳人，我能讓他和別人一起看嗎？要害人的。」

李家二老沒辦法，只得攙扶李春生過去。

李婆子瞧見馮屠子，恨聲道：「都是你這個害人精！」

馮屠子冷笑一聲。「誰害他？我讓他去睡江玉蘭了？」

聞先生帶著聞海宇看完病人，莊蕾坐在聞先生旁，取出乾淨口罩，三人戴上，才讓馮屠子過來。

莊蕾指點聞海宇，讓他帶馮屠子去後面，檢查口腔和眼睛。

馮嫂子站在一旁問：「聞先生，他的病怎麼樣啊？」

「看了再說。」

片刻後，聞海宇出來，將手套和口罩扔進木桶，又去洗了手，再拿乾淨的手套和口罩換上，說了檢查結果。

莊蕾對聞先生說：「看起來是二期復發，比較麻煩。過年時節，醫治也不方便。」

「先看看他是不是適應青橘飲？」聞先生問道。

「可以。」莊蕾點頭。

聞先生抬頭，告訴馮屠子夫婦。「這個病情算比較難治了。另外，治這種病要花的錢真的不少，連前帶後，應該要花上二百多兩銀子。」

馮嫂子啊了一聲。「這麼多？」

「是啊，這個藥難得，所以價格很貴。要不你們商量商量？」

馮屠子一臉為難地問馮嫂子。「妳看怎麼辦？」

莊蕾沒想到，他就這麼把自己的事扔給自家娘子了。

馮嫂子一臉為難，看看馮屠子，又看看莊蕾，忽然直挺挺地跪在地上。

「莊娘子，我聽說妳替江玉蘭治病，讓她打了欠條。咱們實在沒錢，妳能不能也通融一下，咱們也打個欠條，殺豬賣肉慢慢還？」

莊蕾傻了，低頭看她。「馮嫂子，為了江玉蘭的事，我已經欠了壽安堂二百兩，用我自己的診金慢慢還。妳這裡再來二百兩，等下再來一家，我有多少銀子可以墊進去，妳覺得這樣做好嗎？」

「那妳為什麼肯替江玉蘭那個賤貨墊錢？」馮嫂子質問。「那個賤貨到處勾引男人，妳那妹夫不也被她勾引了嗎？妳救她做什麼？為什麼不救我們？」

莊蕾不高興了。「我救不救誰，要向妳報備？妳是我什麼人？」

「這種女人，讓她死了算了！」馮嫂子氣道。

「按照妳這個說詞，我勸妳可以走了。妳家男人出去亂搞，也讓他死了算了，不要留著過年了。」

「妳什麼意思？他是我孩子的爹。沒了他，我的孩子怎麼辦？」

莊蕾笑出聲。「江玉蘭沒了男人，是為了養活兩個孩子才做這些事。她死了，兩個孩子也就沒命了。大雪天的，她跪在雪地裡哭了一個時辰，我看著可憐，腦子一發熱就幫了她，現在想來也後悔。妳打了她，她上吊，我的錢差點要不回來。我跟你們也沒關係，憑什麼要借妳銀子？」

她說完，嘆息一聲。「你們先回去商量商量？不過，他的病再拖下去，耗費的銀錢只會越來越多，而且發作幾次後，就沒辦法救了，慢慢熬死，身上會生出一塊一塊的硬塊，骨頭裡開始爛的話……」

「治，咱們治！」馮屠子叫了起來。「娘子，只要妳答應讓我治，以後我什麼都聽妳的，再也不會出去亂來了。」

馮嫂子居然還信這些鬼話。「那……那就治吧。」

莊蕾開了藥方，讓聞海宇先帶馮屠子去做青橘飲的過敏測試。

接著，聞先生招手，讓李家三口過來。

莊蕾掀起眼皮看李家三口，目光露出冷意，李家三口也知道她是在嘲笑他們了。

「聞先生，我們不要她看病。」李婆子道。

跟莊蕾相處這麼久，陳月娘又住在隔壁，那些破爛事，聞先生哪會不知道？

莊蕾站起來，摘下口罩、手套扔進木桶裡，讓人舀水洗手，進了後院。

李春生坐下，李婆子對聞先生說：「這孩子得了病，晚上睡也睡不好……」

「孩子是不會得這種病的，除非是從娘胎裡傳給他的。妳有嗎？」

這句話，李婆子根本沒辦法回答。

「而且，我不會治這種病。」聞先生一口回絕。

「剛才那個馮屠子不是治了嗎？」李老頭說道。

聞先生淡笑。「剛才是老夫在治嗎？要治這種病，找莊娘子，只有她能夠區分清楚是第幾期，需要怎麼治。」

「我們與陳家有些恩怨，恐怕莊娘子不願醫治我兒子。您能不能幫忙看看？」李婆子軟了口氣。

李春生渾身如萬蟻噬骨般難受，從凳子上滑下來，跪在地上。

「聞先生，求您救救我！」

李婆子著急了。「聞先生，您別哄我們，那小寡婦給江玉蘭用什麼藥，咱們家六郎就用什麼藥。這種病，我搞清楚了，是馮屠子傳給江玉蘭，江玉蘭再傳給我兒子的。按理說，我兒子的病最輕，你就用江玉蘭的方子替他治，不就行了？」

醫生最恨的就是病人替他指點江山，而且這家人還跟陳家有過節。

「既然妳這麼想，不如去找江玉蘭討方子，自己去找藥吃，也不必來看了。行了，你們走吧。」

「我們等了這麼久，你說不看就不看了？有你這麼開藥堂的嗎？」

「不是跟妳說清楚了嗎？這種病，老夫不擅長。之前江玉蘭是莊娘子治的，剛才的馮屠子也是莊娘子在治，老夫治不了。」

「別人不認識那個小賤人，難道我們還不認識？就是一個鄉下的小ㄚ頭，還治病，你哄誰呢？」

聞先生無奈道：「阿宇，你去把花兒叫出來。」

聞海宇進去找正在幫幾隻兔子拆線的莊蕾，蹲下身看她。「爺爺讓妳出去，李家人挺麻煩的。」

莊蕾站起來，跟著聞海宇去前面。

聞先生看見莊蕾，道：「你們要看，就讓莊娘子看，我真沒本事治。」

李春生哼了一聲。「我脫了褲子，她敢看嗎？」到了這個時候，還不忘說下作話。

莊蕾冷道：「這種病最後會脫皮爛骨，再過幾個月，你可還有這個東西？江玉蘭和馮屠子不過是身上開始潰爛，你卻已經骨頭疼了，居然還有興致跟我開這樣的玩笑。

「我很奇怪，一般人得這種病，要三、五年後才會出現這些症狀，為什麼你半年不到就全出現了，這是報應嗎？」

李婆子想起，那次被莊蕾咒罵之後，李春生便摔斷骨頭，後來又生了這種病。現在聽莊蕾這麼說，更是生氣。

「都是妳這小賤人害了他！如果不是妳詛咒，他怎麼會生這樣的病？」

「詛咒未必能咒死人，但自己要亂來一定會死。這個病只有我能治，不過，你們敢讓我治嗎？」

莊蕾說著，笑起來。「想治，可以！月娘的嫁妝缺了二百兩，妳先拿來。李春生的病已經到了什麼程度，妳知道嗎？治病的錢，至少要三百到四百兩。就算治好，他也不能再有子嗣，從此是個廢人了。」

莊蕾說的每一句話，都在戳李婆子的心窩。

為了這個獨生子，她吃了多少的藥，求了多少的菩薩？如今替他治病，還要先還錢不說，就算治好也成了廢人，這不是要李家絕後嗎？

「小賤人，妳太惡毒了，妳這是要絕我們李家的後！」

莊蕾呵呵一笑。「害李家絕後的，不是你們自己嗎？是誰推了月娘，讓月娘流產的？那個孩子如果還在，也快出生了吧？」

她記得，書裡陳月娘的死期就在正月，張氏待在李家的院子裡，跪在冬日的寒風中，祈求老天保佑。

一盆一盆的血水被端出來，穩婆出來說，若不管孩子，可以喝藥催產搏一搏，興許能留下陳月娘的命。

李婆子死也不肯，一定要陳月娘生下來，因為李春生已經死了。

所以，李春生還有一些時間？

李春生叫了聲。「娘，咱們走，她是不會幫我治的。」

莊蕾站在門口，看著李春生一家三口出去，卻見李春生回過頭來，問她。「妳真以為是我害死了妳男人和妳公公嗎？」

莊蕾的眼角餘光瞥見，謝福正躲在壽安堂門外。

「他們倆為了救月娘跳進河裡，你明明可以呼救，你卻走掉了。今日一報還一報，我明明有本事替你治病，我不治。不是我害死你，只是見死不救。」她就是要讓李春生和謝福以為她聽不懂。

「蠢……」李春生剛出聲，身體就軟軟地倒在地上。

李婆子大呼。「六郎，你怎麼了？你別嚇我啊！」

莊蕾罵罵咧咧。「活該！報應！」扭著腰回了壽安堂。那副樣子與昨日的貴氣不同，到底顯得有些村婦的鄙俗。

謝福轉念一想，這種鄉下村姑，不過是長得好看了些，哪裡真能比得上京城裡千嬌萬寵養出來的貴女？他真是想岔了。

第四十五章 誤解

李家人走後，莊蕾跟聞先生說一聲，提了藥箱去看蘇老夫人。

莊蕾到了縣衙後宅，在門口遇見謝福。

莊蕾頷首，謝福很是客氣地問：「大娘子也來見蘇老夫人嗎？」

「蘇老夫人是我的病人。」

「原來如此。侯爺讓我親自來向老夫人道謝。」

其實，謝福是想要摸摸莊蕾的底，看看陳家到底是怎麼攀上蘇家的。發現她往縣衙後院走，他就跟了過來。

朱家護院早對莊蕾熟得不能再熟，莊蕾對他們點點頭，就放她進去。

至於謝福，他解釋了半天，還被關在門外。

等謝福進來的時候，莊蕾已經坐在蘇清悅的一旁了。

「清悅姊，反正妳聽我的沒錯。我什麼時候害過妳？妳按我說的去做就是。」

這都姊妹相稱了？

謝福向蘇老夫人和蘇清悅行禮。「見過蘇老夫人，見過朱夫人。我家夫人讓小的來向老夫人道謝，她日日記掛陳二少爺，得到這個好消息的當晚，才睡了個好覺。夫人說，等老夫人回京，定然要宴請老夫人。」

蘇老夫人笑著看莊蕾。「莊娘子與我家小五結成姊妹，幫忙捎點東西，不過順手而已。侯爺與夫人客氣了。」

等謝福告辭，莊蕾才站起來。「老夫人，我們進去溫灸吧。」

綠蘿姑姑引莊蕾進了內室，蘇老夫人脫下衣衫。背上的血痂開始脫落，長出新鮮的粉紅色皮肉來。

莊蕾讓蘇老夫人趴好。因為她是積年的老毛病了，加上這次差點走了一趟生死關，身體到底有損傷，決定用麥粒灸幫她醫治。

莊蕾將艾絨搓成麥粒大小，放在蘇老夫人背後兩邊的膏肓穴和肺腧穴。前世，她時常用這兩個穴位來配合治療肺癌，這是肺部疾病最為重要的穴位。

莊蕾用線香點燃艾絨，解釋著穴位的作用，又叮囑蘇老夫人。

「您回家之後，因為家裡的人可能沒有我的手法，貿然用麥粒灸，容易燙傷。我還是建議用艾條對準穴位艾灸……」

蘇老夫人打斷她。「莊娘子，妳這次把侯府的大管家引過來，不會跟我說，他只是來探望妳家小叔的吧？」

莊蕾笑了笑。「老夫人認為呢？」

「妳要跟我打啞謎？」蘇老夫人問道。「我雖不介意被人利用，卻不喜歡被人當傻子一樣利用。我探聽過了，妳家二郎當年在侯府時，並不得侯爺和夫人的喜愛。」

「我一個村姑，哪裡敢班門弄斧？既然老夫人已經知道其中有些故事，我只能說，安南侯來得霸道，搶走之前的二郎，扔下現在的二郎，連一句話都沒有。我們不想被安南侯的霸道所傷，才想用蘇府的名號來擋一擋風雨而已。」

麥粒灸需要的時間非常短，莊蕾幫蘇老夫人清理完，蘇老夫人坐起來，穿上衣衫，抬眼看她。

「只是庇護？」

「自然，而且只需要蘇府的名頭庇護即可。」

蘇老夫人笑了笑。「清悅信妳，也願意與妳結交，看在她的分上，我自然要幫妳。只希望妳記得她的恩惠，還有情分。」

莊蕾低著頭，琢磨蘇老夫人話裡的話。「請老夫人明示，陳家規矩不多，但對我們幾個的教養，卻是品行為先，人敬我一尺，我還人一丈。我自認不是那等小人，若是老夫人有什麼憂慮，不妨說出來，我也可以避開，免得互相生了嫌隙。」

蘇老夫人露出厲色。「但願妳能記得今日之言。若有一日傷了小五，我必不饒妳。」

莊蕾神情一正。「我救您，是身為醫者骨子裡的堅持，並非是因蘇家的權勢。朱夫人對我的信賴，是我和她之間情分最好的維繫。您的暗示令我感到不適，如果有不希望我做的事，最好跟我說清楚。」

蘇老夫人在京城也是貴婦圈裡呼風喚雨的角色，如何受得了一個十幾歲的小輩對她這般質問。

「放肆，我只是讓妳記得我的警告。」

「您的警告讓我不知所措，我不是您家裡的丫鬟。」莊蕾收拾完自己的藥箱，對蘇老夫人說：「若是無事，我先告辭。」

她手裡還有能治療蘇老夫人舊疾的本事，到底誰靠著誰啊？

蘇老夫人面紅耳赤，顯然被莊蕾氣得不輕。

莊蕾也被蘇老夫人莫名其妙的話弄得糊裡糊塗，一肚子氣地回去。

莊蕾到了自家鋪子門口，發現鋪子關門了。轉到巷子裡，自家大門也上了鎖。大家去哪裡了？因為家裡一直有人，她從來不帶鑰匙。這會兒進不去了。

莊蕾沒辦法，只能坐在鋪子門口的臺階上，心頭沈思。

這不是莫名其妙嗎？她幫了蘇老夫人一把，蘇老夫人卻跟她說這樣的話，真當自己是權貴很了不起嗎，就能為所欲為？

但是，這裡還真是權貴為所欲為的世界。

莊蕾剛想出一點點頭緒，有人過來問：「莊娘子，今天還教藥膳嗎？」

莊蕾愕然，發現眼前有好幾個人。仰頭看天，時辰尚早，才剛剛過午時。今天鬧了這麼一通，她原本應該在縣衙後宅吃飯的，卻連飯都沒吃就回來了。

「時辰還沒到，再等一會兒。」她說著，一臉無趣地打發了來問的人。

這時，陳熹從黃家的馬車上下來，看見自家小嫂子耷拉著一張臉，坐在鋪子門口被人圍觀，這是什麼情況？

「嫂子！」

莊蕾懨懨地瞥他一眼，無精打采地回了一句。「嗯。」

陳熹心頭一緊，自家嫂子是個極堅強的女子，遇上再大的風雨都能冷靜對待，今日為何臉色這般不好看？

「怎麼沒進去啊？」

「我沒帶鑰匙，娘和三郎他們也不知道去哪裡了。」莊蕾說道。

陳熹從自己的布袋裡拿出鑰匙。「我有。」

莊蕾跟在陳熹身後，陳熹在前頭問：「嫂子今日心情不好，是李家人給妳氣受了？」

莊蕾搖了搖頭。「不是。」

「那是怎麼回事？」

陳熹開了門，帶著她去客堂坐下，從筐子裡挑了一顆秋梨，拿小刀削起來。

莊蕾撓了撓頭。「是件沒頭沒腦的事，我也不知道哪裡得罪了蘇老夫人，這麼一點利用，根本算不得什麼吧……」

她說出事情經過，還道：「我害清悅姊幹什麼？」

陳熹把削好的秋梨遞給莊蕾，莊蕾吃著梨，看著拿起另一顆秋梨削皮的陳熹，想起陳熹來。陳燾在陳家極受寵，雖然本性不壞，但要幫人削梨，是不可能的。

「嫂子，蘇老夫人以為妳要害蘇清悅，這個從何說起？除非……」

陳熹忽然抬頭看莊蕾，莊蕾被他看得莫名其妙。「除非什麼啊？」

陳熹變了臉色。「那老婆子真是惡毒，這樣想妳，也太過分了！」

「你有話就說。她是怎麼想的？」

陳熹嘆息一聲。「宅院裡的女人，無非就那麼點事情，最想討好的是夫君；最想要除掉的，就是夫君身邊的狐狸精。她以為妳能幹什麼？最多也就是當狐狸精。」

莊蕾咬著梨，愣了。

那個老太婆忒過分，她怎麼可能看上一個有婦之夫？

這時，張氏從外面進來。

快過年了，鋪子沒事，她就提早關門，帶陳月娘和陳照回小溝村一趟，抓了幾隻雞鴨，順帶給要好的親眷帶點東西過去，也看看因為舉家搬進縣城而寄養在三叔家的小土狗。

陳熹跑上前，幫張氏提手裡的雞鴨。

張氏忙道：「你不會抓，讓我來。等等拿繩子綁在雞鴨腳上，養幾天。」

陳熹拿繩子給張氏，莊蕾跟陳月娘一起去鋪子，準備教藥膳了。

陳熹說的話，莊蕾覺得有理，心裡有了底。

長遠來看，她得罪了蘇老夫人沒好處，但對於蘇老夫人來說，得罪她最大的壞處就是治病。雖然她會治，但蘇老夫人肯定不這麼想，讓蘇老夫人心裡難受幾天也好。

莊蕾擺好食材，清了清嗓子道：「馬上就要過年了，家裡肯定備了很多吃的，但吃多了會積食。今天我要教大家做山楂糕，可以解膩消食……」

她跟那群喜歡宅鬥的婦女真的沒什麼好說的，還是繼續做自己的事吧。

另一邊，李家三口回去的路上，李婆子跟李春生商量。

「我在想，江玉蘭的方子是不是可以用？你們得的是同一種病，那個小娘兒們不肯幫你治，咱們就吃那個方子如何？」

「郎中開的方子，哪能隨便拿到？」李春生說道。

「我去找那個賤貨要，諒她也不敢不給，畢竟你生病還是她害的。」

李婆子打定主意，到了李家村，連家門口都沒有進，就去了江玉蘭家。

江玉蘭正在揉麵，見到脾氣不好的李婆子，有些害怕。

「江玉蘭，把莊花兒開的方子給我！」李婆子喝道。

「妳要方子，自己去壽安堂找郎中開，向我要做什麼？」江玉蘭不肯給。

「我家跟那個小寡婦是什麼關係，妳不知道？春生的病是妳傳給他的，還不拿出來！」

「我沒有那個方子。」

「怎麼可能沒有？」

「莊娘子只跟我說，用割人藤洗澡，真正起到效果的，是壽安堂獨門秘製的青橘飲。沒有青橘飲，這種病不會好。」

「青橘飲？」

李婆子想了一會兒，回去找李老頭商量。

她剛進門，便聽李春生叫著。「我真的快疼死了，你們想想辦法啊！」

李老頭道：「還是叫吳郎中來看看吧。」

吳郎中是替李春生看臀骨的郎中，對李婆子說：「不是我不想治，實在是沒這個本事。」

「吳郎中，江玉蘭說她這個病是壽安堂的青橘飲治好的。今天咱們去看病的時候，也聽說青橘飲能治這種病，青橘飲到底是什麼東西？」

「獨門秘方，怎麼會讓別人知道？」吳郎中說道：「你們就別想了，要是他們能治好，就找他們治。我真沒本事。」

吳郎中的回絕，讓李春生氣得想摔東西。

李婆子抱著他道：「六郎，不是娘不讓你治，是那個小賤人不肯看啊。」

吳郎中名氣不大，唯一的好處是再遠也願意出診，所以依然有人請他看病。

聽李家人說起青橘飲，他就想去打聽打聽，這到底是什麼藥？

第二日吃過飯，他去了壽安堂，門是關的，上面的布告說，若是急病，可以去找隔壁的莊娘子，或去聞家找聞先生。

吳郎中也想看看莊娘子到底是何方神聖，但隔壁的鋪子也關門了，便進了小巷子，走到陳家正門口。

大津不像是莊蕾的前世，哪怕逢年過節，大部分的店鋪仍開著，都已經打烊休息。莊蕾落得清閒，只需偶爾去隔壁暖房看看青黴菌的生長。

她一直說要幫陳月娘做口脂，卻天天忙得跟狗似的，材料準備好了，還沒有動手，今日就來做這個玩意兒。

她和陳月娘剝了十來斤的橘子皮，用溫水清洗之後，晾去水分，放在石臼中搗碎。

吳郎中從門口探頭，看見兩個姑娘正在鼓搗橘子皮，橘子皮特有的芳香飄出來，腦子裡立即竄出三個字——青橘飲！

他裝成閒逛的路人，站在門口問：「妳們這是在做什麼？」

莊蕾抬頭道：「用橘子皮榨油啊。」

吳郎中走上她們家院子的臺階。「橘子皮能榨油？」

「當然可以，只是十幾斤的橘子皮弄不了多少。」

「怎麼榨？」吳郎中竊喜。這個看來就是別人嘴裡的莊娘子了，看上去很年輕，果然是個單純的小姑娘。

莊蕾回答。「不就是搗爛橘子皮，把汁水擠出來，沈澱後取上面的油，就是橘子油了。」

吳郎中聽了，面露喜色離開了。

陳月娘很是不解。「這人莫不是瘋了，聽見這個，有什麼好開心的？」

「興許是因為過年而高興吧？」

等橘子皮的油水分離之後，莊蕾取了上層的油，這就是冷萃的柑橘精油。

接著，莊蕾融化蜂蠟，在蜂蠟裡加進牡丹籽油，放涼了再添入柑橘精油，然後倒入一個一個的小瓷盒裡，等著冷凝，一共做了二十多個。

做好後，陳月娘在唇上塗了一點，沒一會兒便滋潤起來，大叫真是好東西，比鋪子裡的口脂好用多了。

莊蕾笑笑，打發陳照送幾個口脂去聞先生家。

第四十六章 急病

淮州有過年吃糕的習俗，不是那種可以炒菜的年糕，而是軟軟糯糯的糯米糕。

年三十了，張氏早早準備好糯米粉，帶著莊蕾和陳月娘一起做香甜的年糕。一層糯米粉，一層混合瓜子仁與紅棗的夾心，再一層糯米粉，蒸上一刻鐘。接著，加豬油、核桃，再蓋上糯米粉，上面壓上紅綠絲。

蒸熟後，倒扣在案板上，趁熱的時候切，還會黏刀。

陳月娘叫道：「二郎，三郎，來吃糕了！」

陳照進來，嘴裡被陳月娘塞了一塊糕，直呼。「好燙好燙！」

陳熹乖覺地拿了小碗過來，陳月娘幫他切了幾塊放進碗中。陳熹拿了一塊，餵進正在灶膛邊添柴的張氏嘴裡。

張氏看見自家兒子與她這般親暱，心裡頓覺安慰。哪怕這些年陳熹不在身邊，也沒有妨礙他們的母子情。

陳熹走到莊蕾身邊，對莊蕾說：「嫂子。」

莊蕾揮手。「我沒空，你先吃。」

「我餵妳。」陳熹拿了一塊糕，塞進她的嘴裡。

莊蕾吃了，見陳熹帶著笑看她，點點頭。「你自己吃。」

陳熹這才吃起來。

陳照已經吃了三、四塊，直說：「真好吃，比京城的點心好吃多了。」

「騙我呢，京城有那麼多好吃的。」莊蕾道。

陳熹搖搖頭。「京城的東西是多，但吃多了也就那樣，沒有家裡這些好吃。」

陳月娘說：「那時候你是侯府公子，肯定是吃膩了。現在在這窮鄉僻壤，沒什麼好吃的，就覺得一塊糕都好吃。」

陳照接了話。「真不一樣。大姊，妳別以為侯府的菜好吃，送到咱們院子時，那菜起碼放了半個時辰。哪像咱們現在吃的青菜，大火炒出來就上桌，那股煙火氣還在。」

張氏一驚。「啊？那阿熹吃得慣嗎？」

莊蕾忙道：「您別聽三郎胡說。三郎是為了讓您開心，才說家裡的菜比侯府好吃。」

張氏聽是孩子們哄她開心，心裡高興，忍不住笑起來。

陳照想反駁莊蕾，嘴裡卻被陳熹塞了一塊糕。

「阿娘，我就是覺得咱們家的飯最好吃，而且，我身體好了。去年這個時候，我都不知道自己能不能吃到今年的年夜飯呢。」

「是，這才是最讓人高興的。」張氏聽陳熹這麼說，更加歡喜了。

莊蕾對陳熹說：「還不去寫春聯，跟三郎一起貼上。」

「我早寫好了。」

兄弟倆出去貼春聯，陳熹叫道：「嫂子過來看看歪了沒有？」

「你煩不煩，自己看。」莊蕾嫌棄地說著。她手裡還有一堆事，小溝村拿來的大青魚還沒處理，她要做魚丸，還有一鉢裹好漿的酥肉等著炸。

除夕夜，一桌子的菜，卻缺了兩個人。張氏淚迷了眼睛，莊蕾卻感慨，至少還有這麼多人，至少這個家還在。

吃過年夜飯，一家人在客堂裡圍著炭盆，吃著瓜子聊天，一起守歲。

臨近半夜，一陣急促的敲門聲傳來。

莊蕾去應門，問了一聲。「誰啊？」

「莊娘子嗎？我是許繼年！」

莊蕾認得出來，是那個還欠聞先生一聲道歉的許太醫。

她拉開門，瞧見外頭有一堆人，手持火把坐在馬上，風塵僕僕，朱縣令也在其中。

這個時候，城門不是關了嗎？

許太醫說：「莊娘子，有個急病病人，需要妳來看看！」

莊蕾看著他，大過年的，這傢伙到底在幹什麼？

因為匆匆來應門，她沒多穿，這會兒被外面的寒風一吹，立時打了哆嗦。

陳月娘怕莊蕾凍著，拿了披風出來，被這個陣仗嚇得倒退一步，手裡的披風掉在地上。

莊蕾撿起披風，對陳月娘說：「妳先進去。」

陳月娘惴惴不安，看了看莊蕾，被莊蕾推著往屋裡走去，腳步有些踉蹌。

莊蕾落落大方地將披風披上。「怎麼回事？」

許太醫說：「這個病人是淮南王世子。」

淮南王？那是她這種小老百姓要仰望再仰望的角色啊。

一名男子撩開車簾，下了馬車，龍行虎步，很有霸道王爺的氣勢。

許太醫諂媚地堆起笑，對他說道：「王爺，這位就是莊娘子。」

朱縣令彎腰向淮南王回稟。「已經去請聞先生了，馬上就能過來。」

淮南王打量莊蕾，挑起眉。「就是這個小娘子？」

「正是。」許太醫回答。

莊蕾傻了。這是什麼劇情？書裡沒提到啊！

另一邊，陳熹看見陳月娘抖著身體進來，問她發生什麼事，也說不清楚，擔心莊蕾，匆匆忙忙出了屋。

他趕到門口，一眼就看見那個氣勢不凡、絕不會認錯的男人，連忙施禮。「草民陳熹，見過淮南王。」

「謝弘顯？」

「草民已經認回親生父母，如今姓陳。」陳熹回話。

這時，孩子的哭叫聲傳來。「疼！我要疼死了！」

病人要緊，莊蕾屈身道：「我先去看看。」

她上前掀開車簾，一個七、八歲孩子被一個美貌婦人抱在懷裡，婦人臉上全是淚痕，嘴裡安慰孩子。

「宣兒，再忍忍，已經找到郎中了。」

莊蕾搭脈，對外面叫了一聲。「許太醫，過來說症狀！」

「腸癰！」許太醫說道。這兩個字對於這個時代的人來說，等於判了死刑。

腸癰是急性闌尾炎，拖下去會變成腹膜炎，最後死亡，病程極快。

只要還沒變成腹膜炎，就能一試。

莊蕾對婦人說：「放下孩子，讓他躺平，我來看看。」

婦人手忙腳亂，身邊的丫鬟幫著她讓孩子躺平，但孩子不肯，曲起右腿哭喊。

莊蕾解開孩子的褲子，用手觸摸，剛剛觸及孩子的腹部，孩子立刻手腳揮舞地抗拒。

許太醫說得沒錯，這是急性闌尾炎。前世只是小菜一碟，但在古代，卻是要人命的。

許太醫又說：「今日王府召見，我一碰小世子，就確定是腸癰了。」

莊蕾真想側過頭，問他是不是想要求表揚，說他真聰明？

「那你打算怎麼治？」

「我沒本事治，所以跟王爺說，還有一線希望，就是遂縣壽安堂。妳的青橘飲不是治好了蘇老夫人的背疽嗎？應該也可以治腸癰。」

替龍子鳳孫治病，治不好要殺頭的，這王八蛋是要坑她啊！

聞先生和聞海宇氣喘吁吁地趕來。「什麼病症？」

「腸癰！可以用青橘飲治，但最好的辦法還是開腹，切除闌尾。」莊蕾下車，對聞海宇說：「師兄，拿一盞天仙子液給小世子服用，先鎮痛。」

聞海宇聽莊蕾吩咐，開了壽安堂的邊門進去取。

淮南王見聞先生的神色有些遲疑，道：「有話不妨直說。」

莊蕾心想，在封建社會長大的人，對皇室有天生的敬畏，聞先生看起來挺緊張的，還是她自己說吧。

「腸癰是極其凶險的病症，能熬過去的沒幾人。這麼小的孩子，幾乎不可能熬過去。王爺可知道？」

淮南王沒想到這個小姑娘如此直接，點點頭。「孤知道。」

莊蕾繼續說：「那就好。如果喝很多青橘飲，或許能控制病情，卻會隨時復發，下一次發作，還會要命。我們有一個一勞永逸的辦法，就是開膛破肚，切掉闌尾，但只在兔子和狗身上試過，還沒用人試，您願意冒險嗎？」

「如果只用青橘飲，妳有幾成把握？」

「用量太大，我也不知道能不能控制得了。」

「開腹的話有幾成？」淮南王問。

莊蕾抬頭看他，回答得很乾脆。「七到八成，甚至更高。」其實切除闌尾是一個很小的手術，風險是麻醉和術後感染，但她有把握控制。

「難道這病症比我岳母的還要凶險？」朱縣令問道。

「兩種病症沒什麼好比較的。老夫人的傷口在外面，世子的在肚子裡，要開腹。但這一關闖過去後，也就沒事了。」

淮南王頓了頓，咬牙道：「試！」

莊蕾說：「請王爺找兩個做事仔細的人給我，今晚壽安堂沒人，我們需要人幫忙。」

淮南王立時點了兩個人過來。

莊蕾看向幫小世子餵好藥的聞海宇。「師兄，你帶王爺的人去準備手術室，等下當我的助手。」

聞海宇應下，立刻帶人去了。

「孩子重幾斤？幾歲？我要實歲，不要虛齡。」莊蕾問淮南王。

「七歲零三個月。」淮南王回答，王妃在裡面接話。「重五十斤左右。」

莊蕾突然覺得，淮南王是個還不錯的爹。

「爺爺，您去配麻醉藥。」莊蕾說完，上車看看孩子。「是不是痛得好些了？」

小世子慘白著一張臉，點點頭。

莊蕾下車，對淮南王說：「您和王妃跟我進來，我需要跟你們解釋這個手術的風險。你們需要簽同意書。」

壽安堂的大門被打開了，後院護院的兩條狼狗聽見動靜，死命地叫著，緊接著便聽見聞海宇的喝斥聲。

莊蕾點上蠟燭，坐在自己的診桌後，示意淮南王坐下。陳熹站在她身邊幫她磨墨。

淮南王不明白，這個小姑娘是不懂事呢，還是怎麼了？在他面前，居然有她的座位？

莊蕾說：「您坐下。這件事，我必須跟您解釋清楚。」

淮南王坐下，氣勢有些壓迫人。

前世莊蕾也算是見過高官的，曾被邀請去帝都替大佬主刀。不過封建社會，強權之下，沒有法律保障，人家完全可以不講道理。

莊蕾開始說明手術中可能會發生的意外，比如麻醉致死、大出血、感染，其他臟器受損等等。

王妃聽著莊蕾的敘述，揪住淮南王胸口上的衣服，咬著唇，嗚嗚的哭。

莊蕾寫完同意書，抬頭道：「王爺，您來簽字。」

淮南王低下頭，細細讀了一遍。「若是有事，孤不會怪妳的。」

「你怪不怪是一回事，手術是萬不得已的選擇，病人的家人必須簽，至少證明我是交代過的。哪怕您不講道理，最後要處置我，至少在閻王面前，我也可以評理不是？」

燭光之下，淮南王的眼神幽深，可見莊蕾自以為是的幽默感，他並沒有感到好笑。

淮南王拿起筆，簽下了名字。

聞海宇出來說，手術室已經準備好，手術刀也全部消毒了。

莊蕾點頭。「你幫病人做術前準備，我去換衣服。」

聞海宇點頭。「好，要灌腸嗎？」

「不能灌腸。」莊蕾說道：「只要做好清潔和測試青橘飲就好。」

聞海宇進去，莊蕾想了想，問道：「王爺，您能再派個人幫我們嗎？我們人手不夠，要膽大、不怕血的。」

「幹什麼？」

「手術室裡需要人幫忙拿東西，或是移動燭臺。」莊蕾解釋。

「我來！」許太醫說道。

莊蕾橫他一眼。「不要。」她從沒想過，在古代開腹的第一刀會是在龍子鳳孫身上動的，被許太醫拖進這個漩渦裡，真是讓人生氣。

淮南王看了莊蕾和許太醫一眼。「孤自己來。」

王妃叫了一聲。「王爺！」
「孤陪著宣兒，妳安心在外面等。」淮南王拍了拍王妃的手。
王妃怎麼安心得了，這是要開膛破肚啊！

第四十七章 王爺

莊蕾一身白袍，看著已經喝下麻醉藥、閉上眼睛的孩子。

其他幾人也消毒，換好衣服，進了手術室。

莊蕾對著聞海宇說：「師兄，不要緊張，像平時幫兔子做手術一樣，膽大心細就好。」

聞海宇點頭，聞先生金針入穴。病人還小，麻醉藥過量會致死，所以盡可能減少用量，用針刺麻醉輔助。

孩子躺在床上，身上蓋著充當無菌單的乾淨棉布，只能看見腹部的皮膚。

淮南王看向莊蕾，突然覺得她很可靠，遮住病人的身體，不看病人的其他部位。當了郎中，還這般遵守禮教，難得難得。

莊蕾拿起鋒利的手術刀，這是她第一次在古人身上動正式的開腹手術。

她在病人的腹部比劃一下，說：「這個位置，我們可以做個斜切口切下去，以便查找闌尾。」劃開皮膚，繼續道：「來，用鉗子拉開切口。」

哪怕聞海宇聽從莊蕾的指揮，手上依然發抖。

莊蕾叫了一聲。「鎮定。」

聞海宇到底年輕，雖然殺了不少兔子，膽量上還是差了點。

莊蕾看向淮南王。「您來。」

淮南王接過聞海宇手上的鉗子，莊蕾對聞海宇說：「燭火拿過來些，我要找闌尾。先用紗布吸血水……」沒有吸引器真不方便。

聞先生則守在病人的頭部旁，注意整個麻醉的過程。

淮南王看著這個還沒長開的小姑娘，鎮定自若地切開人的肚皮，一邊切，還一邊向一旁的少年講解，完全是師父帶徒弟的樣子。

「就是這段，已經化膿，但運氣不錯。要是穿孔，病勢蔓延到腹腔，那就沒辦法了。」

莊蕾還在講解，但動作很快，已經開始縫合傷口。

「我們可以關腹了。這個是荷包縫針，你看好，別抖啊，幫兔子縫了這麼多針，怎麼現在就怕了？我看，你要跟仵作學一段時日，先在死人身上動動刀子，否則這樣怎麼成？」

淮南王雖然上過戰場，但看著在肉裡進出的針線，還是覺得渾身上下起了雞皮疙瘩，那個少年能不抖嗎？誰能跟這個小姑娘一樣，連眼睛都不眨？

手術完畢，莊蕾對聞海宇說：「等下他醒了，餵他喝青橘飲，兩個時辰餵一次。」

聞海宇問：「等下怎麼安排？大過年的，大家全待在這裡，也不是辦法。」

「剛剛做好手術，小世子也不好移動太遠，我還要就近照顧。天快亮了，天亮後讓小世子住我家二郎的房間，觀察四日。如果四日後沒什麼事，就算平安度過了。」

莊蕾看著聞先生，聞先生點頭。「讓阿宇跟著妳？」

「嗯。師兄，我先去換洗，你先看護小世子，等他醒來。」

莊蕾吩咐完，對淮南王道：「王爺，手術結束了。您可以出去歇一會兒，這裡讓我師兄看著就可以了。」

淮南王看看少年。這是師兄嗎？小徒弟還差不多。

「孤在這裡等宣兒醒。」

「也行。那我回家準備房間，等下住我家？」

淮南王點了點頭，吐出一句。「多謝。」

莊蕾出去，王妃在丫鬟的攙扶下過來問：「怎麼樣？」

「還算順利。只要後續幾天沒事，就沒事了。我先回家幫小世子準備房間。」

莊蕾說完，去換了衣衫，清洗一下。

陳熹走過來。「嫂子，還好吧？」

「小手術，就看下面幾天了。把你的房間讓出來，你去跟三郎擠幾天。」莊蕾想了想，又道：「人挺多的，讓家裡煮粥，做些餅子當早飯。」

「好，我回去安排。」

「你交代完就去睡吧。自己的身體要當心，不要熬夜。」

天微微亮的時候，小世子宣兒被送到莊蕾家裡休養。

張氏打開鋪子，莊蕾側過頭，捏了捏眉心，問許太醫。「讓他們去鋪子裡吃口熱粥？都天亮了。」

許太醫彎腰去問淮南王身邊的人，那人便去請示。

淮南王轉頭看莊蕾，臉上帶了一絲淺笑。「多謝考慮周全。」

王妃坐在凳子上，伸手撫摸小世子的手。

宣兒已經醒了。「父王，母妃。」

「還疼嗎？」

「疼是疼，但比昨晚好多了。」

莊蕾走進來，向淮南王和王妃行禮。

「等會兒小世子下來走走，要早點放屁才行。」

「宣兒不是才剛開膛破肚，能下床嗎？」王妃仰頭問她。

莊蕾笑了笑。「手術真的很小，只切掉這麼一段腸子，您問問王爺，是不是很快就好了？等小世子放屁，才代表腸胃正常了，讓他走走沒壞處。」

「好！」

「我出去吃早飯，兩位也可以去用些東西了。」

「多謝，我先陪著孩子。」王妃笑著說道。

莊蕾去了客堂，陳月娘幫她盛粥，莊蕾抬頭問：「二郎呢？」

「去睡了。一夜沒睡，他的身子可吃不消。」

聞海宇等著莊蕾，兩人對坐吃早飯。

「師兄，你還需要多經歷這種場面，闌尾手術是最最小的手術……」

莊蕾說著，瞧見淮南王過來，招呼道：「王爺，您請。」

淮南王卻是在等著她離開，他總不會跟這兩人同桌吃飯吧？

聞海宇瞟莊蕾一眼，對她說：「王爺來了，讓王爺用膳。」

莊蕾這才會意，內心小小抱怨一句，端起碗，道了聲。「王爺慢用。」

莊蕾和聞海宇端著碗去鋪子，淮南王的人坐在裡面歇著，拿了竹杯喝茶。

許太醫見莊蕾過來，熱情地叫道：「莊娘子，這邊。」

莊蕾落坐，繼續吃自己的早飯。

許太醫問：「世子爺應該沒事了吧？」

「看運氣。如果運氣好，傷口沒潰爛，就好了。不過天氣冷，這狀況相對會好些。」莊蕾挑眉，對許太醫哼了一聲。「這次，您可是立了頭功啊。」

「哪裡哪裡，功勞自然是妳和聞先生的，我不過是舉薦而已。」

「磕頭的事，什麼時候辦？」莊蕾問他。「上次你走了，就沒有後話，這樣不太好吧？」

「元宵前如何？」許太醫回道：「在淮州城的春風樓擺上四桌？」

「不賴帳就行。」

吃完飯，莊蕾讓聞海宇去守著宣兒，打了個哈欠，回房淺眠一會兒。

陳月娘進來，推了推她。「花兒，娘問午飯怎麼辦？」

莊蕾揉揉眼睛坐起來。「什麼時辰了？」

「巳時了。」

莊蕾下床。「走吧，我們一起去做飯。」

廚房裡，張氏正在苦惱。突然來了這麼多人，家裡雖有不少吃食，也不夠這麼多人吃兩頓的。平日賣菜的農人也待在家過年，想買也沒得買。

莊蕾想了下，道：「二郎去黃家找老太太要點食材過來，他們家大業大，肯定有的；三郎去殺雞鴨。午飯先應付應付過去就好。」

張氏打下手，陳月娘幫忙切菜跟裝盤，莊蕾掌勺。兩隻蘆花雞做白斬雞，兩隻鴨燒成醬鴨，雞湯裡放上酥肉和魚丸，再添一堆白菜和粉絲湊數，另外做了藕片炒臘肉跟雪菜炒肉絲。牛骨湯鍋是不滅火的，家裡也有牛肉，再扔點牛筋進去就行。

院子裡，飯菜香氣四溢。莊蕾已經能掌握自己的廚藝，哪怕是家常菜，也能變成可以與山珍海味媲美的好菜。

張氏和陳月娘把菜送出去，莊蕾幫宣兒用撇去雞油的雞湯熬了粥，才摘下圍裙，去房間看宣兒。

宣兒正齜牙咧嘴，慢慢挪動步履。

莊蕾問他。「放屁了嗎？」

淮南王一家聽了，愣在那裡。

莊蕾笑出聲。「跟你們說過的，放了屁，才代表腸胃恢復正常，這個很重要。」彎腰問宣兒。「告訴姊姊，有沒有啊？」

宣兒圓潤的小臉蛋唰的紅了，彆扭地點點頭。

莊蕾這才發現，好像問得太直接了，乾笑一聲，揉了揉宣兒的頭髮。

「那就可以吃東西了。我幫你熬了雞粥，今天只能吃很清淡的。之後需要休養十天半個月，知道嗎？」

莊蕾站起身。「王爺，娘娘，家裡做了些家常菜，可要出去用些？」

王妃搖頭。「我就在這裡陪著宣兒。王爺出去用膳？」

「孤也留下，否則又要把莊娘子趕到外面去吃了。」淮南王半開玩笑地說。

莊蕾尷尬一笑。「是我在鄉下野慣了，沒什麼規矩。不過，房間裡還是不要有太多的人，畢竟世子剛剛開腹，需要休息。」

「行，聽妳的。」淮南王一口應下，嚴肅的臉上綻開笑容。

「我去把粥拿進來，用過餐，再喝青橘飲。」莊蕾過去，又摸了摸宣兒的頭。「一定要喝滿七天，讓病斷根。」

宣兒點點頭，真是個乖孩子。

莊蕾端了雞粥進來，王妃坐下，餵宣兒喝。

不過是略微調味的粥，許是昨日到現在都沒有吃東西，真的餓了，宣兒吃得飛快，看起來很美味的樣子。

莊蕾出去時，陳熹已經從黃家回來了。

「黃老太太說，等下讓人派車拉食材來。」

「那就好，咱們進去吃飯。」

一家子也到鋪子裡吃飯，把客堂留給王妃和王爺。

鋪子外，一輛馬車停下，蘇老夫人被綠蘿姑姑扶下車，進了院子。

莊蕾放下手裡的碗筷，和張氏一起過去迎接，屈身行禮。

蘇老夫人立刻說：「都是自家人，不必客氣。」

這都自家人了？態度變得可真快，那天可是對著她那般威脅。

蘇清悅過來，勾住莊蕾的胳膊。「妳這丫頭，那日怎麼連飯都沒吃就走了？我幫妳準備了好些東西，妳也沒拿。」

莊蕾笑了一聲，看向蘇老夫人。「那天可是莫名其妙，我回來坐在臺階上想了半天，還是沒弄明白，老夫人要警告我什麼？」

蘇老夫人沒想到莊蕾會這樣直白，她已經給了臺階，莊蕾還提這些，臉上便不好看了。

蘇清悅笑著說：「明白什麼？什麼事情都沒有。咱們就是好姊妹。阿娘，您說是嗎？」

蘇老夫人看了看守在屋外的王府侍衛，換上笑臉。「是啊。我年紀大了，話多了些，小姑娘的脾氣也倔，說了兩句，居然就跑了。」又問：「王妃娘娘在哪裡？」

「在客堂吃飯。」莊蕾指了方向，覺得自己要好好學學如此沈得住氣。

蘇老夫人帶著蘇清悅進去，朱縣令跟在後面進來。不得不說，逢高踩低，隨時變臉，這群人還是很專業的。

莊蕾看著朱縣令的背影，還是覺得莫名其妙。不管封建社會的世家子，還是前世的官二代，她都沒有興趣，更何況還是做小？不知道那位老夫人是什麼腦子，真以為她好好的人不想做，要去做個玩意兒。

莊蕾繼續吃飯，陳熹輕聲說：「淮南王是皇上的堂弟，據說很得皇上的信任。」

「哦，難怪了。」

陳熹問：「他們要在這裡住多久？」

「四天吧，確認孩子基本上不會有事，就能走了。開春後，壽安堂最好要備幾間病房，留這種要觀察的病人。」

聞海宇接過話。「嗯，我跟爺爺回去看看怎麼安排，但屋子已經快不夠用了。」

「好，年後咱們仔細看看。不行的話，我們搬出來，這裡打通做病房也行。」

這一頓是臨時準備的，飯管夠，菜卻是不夠，收回來的盤裡除了骨頭，什麼都不剩。張氏很不好意思。農家人待客，如果沒有剩菜，就表示招待不周。

莊蕾撫額，這是什麼跟什麼？這群人突然過來，能湊出這麼多吃食，已經不錯了吧。

陳熹看見一家子都在收拾，也跟著幫忙，在灶頭前燒水。

「二郎，要不你去歇會兒，這裡讓我們來？」許是因為陳熹在外多年，有時張氏對他還不如對陳照自然，有些見外。

莊蕾彎下腰，看陳熹一眼。「娘，二郎身體好了，讓他一起做些輕鬆的事也好。」

陳熹笑著點頭。他最喜歡莊蕾的一點，就是她總是拉著他，跟家人自在地相處。

第四十八章 待客

莊蕾把洗好的碗筷拎進去，聽見榮嬤嬤喊了一聲。「莊娘子。」

陳月娘接過莊蕾的籃子，莊蕾走到榮嬤嬤身邊，點了點頭。「榮嬤嬤。」

蘇清悅跟著榮嬤嬤出來，硬是勾住了莊蕾的手臂。「送送我。」

兩人走到牆角邊，蘇清悅說：「別不高興，我娘剛才已經服軟了。妳也別太往心裡去，她做相爺夫人時日久了，架子難免大一些，說話不好聽。」

莊蕾嘟著嘴。「清悅姊，老夫人是什麼意思，我回來之後才想明白，她以為我以後會覬覦姊夫。她怎麼會這樣想？我的出身雖然差了些，可還沒到要給人做小的地步吧？我能不生氣嗎？我待妳，算是赤誠吧？」

蘇清悅沒想到莊蕾看得如此明白，這些話雖是不給她面子，扯開來說，何嘗不是在給她吃定心丸？便笑道：「她想多了，我不信妳會做這種事，別生氣了。」

莊蕾藉著臺階下。「不生氣了。以後你們家，我是不敢進了，要是進去，好似我這個小寡婦別有所圖。」

「說不生氣，其實還是在怨怪嘛。」

莊蕾扯出一絲笑容。「看在妳的分上，明天我去幫老夫人艾灸，行不？妳先等等，我給妳一樣東西。」

莊蕾說著，帶蘇清悅進了她的屋子，拿出一只白瓷盒子。

蘇清悅打開盒蓋，發現裡面是半透明的凝脂，帶著橘子清香。「這是什麼？」

「護唇的口脂，我自己做的，比外面買的好。」莊蕾說道。

蘇清悅見狀，心知莊蕾不想計較之前的事了，收下口脂，叫了一聲。「榮嬤嬤，去把我帶給莊娘子的東西拿進來。」

榮嬤嬤讓人捧來盒子，蘇清悅打開道：「西北那裡過來的銀狐坎肩，最是暖和。這是給妳的料子，知道妳在孝期，顏色是特別選過的，還有京城榮和坊的蜜餞。剛才那個小臉耷拉的，讓我覺得連東西都送不出去了。」

莊蕾收下禮物，蘇清悅才和她一起出門。

蘇老夫人已經上車了，莊蕾向她點頭致意。

蘇清悅提醒她。「明天記得過來。」

「知道了。」莊蕾揮手向蘇清悅告別。到底是生活在遂縣，朱縣令是這裡的父母官，還有安南侯這條毒蛇在背後窺伺。她現在需要的是朋友，而不是敵人。

等她轉頭，王妃的丫鬟上前問：「莊娘子可有脂粉？我家王妃走得急，沒有帶面脂。」

「牡丹籽油可以擦臉，我拿給妳。」莊蕾回房拿了牡丹籽油，又順手拿了盒口脂，一起交給丫鬟。「這是我新做的護唇口脂，讓娘娘用用看。」

丫鬟接過，道謝便去了。

莊蕾完全沒想到，大年初一原本要休息的，最後忙得人仰馬翻。

黃家出手就是闊綽，說來一車，絕對沒有半分含糊，真的來了一車，雞鴨魚肉全都有，連辦筵席都夠了。

黃家管事下車道：「老太太說，若是不夠，再去家裡取。」

「這也太多了些，哪裡用得掉？」

「沒事，您慢慢吃。」管事說著，讓家丁把東西卸下來，一筐一筐搬進屋裡。

莊蕾瞧見無所事事的許太醫，招手叫他過來。「許太醫，您去幫忙殺魚？」

許太醫無語。這個他真的不會啊！

晚上有了黃家送來的菜，莊蕾麻溜地掌勺做菜，這下來人都吃得盡興了。

吃倒是沒問題了，住呢？

幸虧朱縣令過來，說縣衙後宅已經準備好房間。王妃請淮南王移步去休息，淮南王又說王妃沒有闔過眼，讓她去歇歇。王妃卻是不肯離開孩子，兩人推來推去。

莊蕾見狀，頓時覺得前世那些小說倒也不算騙人，兩人當真鶼鰈情深。

她想了想，走過去道：「娘娘和王爺不要推來推去了，我叫三郎把房間讓出來，您也方便就近照看世子。」陳熹和陳照都住在東廂房，中間只隔著一間起居室，這樣最是方便。

「如此甚好，多謝。」王妃笑著道謝。

莊蕾讓陳月娘去拿乾淨的床單，陳照的房間也被徹底清理了一遍。男孩子嘛，加上陳照不似陳熹那樣講究，房裡有不少亂七八糟的東西，被莊蕾丟了個乾淨，這才鋪了床，騰出地方給淮南王夫妻。

陳熹和陳照暫時搬進了莊蕾的房間。原本莊蕾和陳月娘一起睡，張氏覺得莊蕾忙裡忙外太累，而鋪子要賣早飯，必然要早起，想讓莊蕾多睡一會兒，便把陳月娘拉去她房裡，娘兒倆可以一起起來，早上就不會吵著莊蕾了。因此，這個房間是莊蕾一個人的。

陳照打水進去，要坐在床沿擦洗，被陳熹喝止。「等等，你先把身上的外衫脫了，之後在床沿上鋪一塊乾淨毯子，坐在毯子上擦洗，別把嫂子的床弄髒了。」

接下來是洗腳，陳熹還在泡，陳照已經粗粗洗完要擦，又被陳熹說了。「你多洗洗，洗乾淨些，腳臭熏著嫂子的被子可不好。」

陳照無言，但他從小被陳熹使喚，陳熹說的一切都是對的。

陳熹嘴裡還在說：「三郎，等下你的枕巾墊厚一些，要是口水流在嫂子的枕頭上就不好了，枕芯不好洗……」

陳照看著陳熹屁股下的春凳，剛好一人寬，想了想道：「哥，我還是睡在春凳上吧。」

陳熹看了春凳一眼，居然點頭。「也好！」

陳照無語。「……」

陳熹擦洗好，掀開被子鑽進去。

莊蕾敲門進來，她忘記拿自己的衣衫了，卻看見陳熹躺在床上，陳照拿著一條被子，正要睡春凳上。

春凳那麼小，陳照這個身板哪裡能睡？

莊蕾問陳照。「三郎，你怎麼不去床上睡啊？」

陳照憨實地回答。「二哥說我睡覺流口水，還腳臭，所以我睡春凳。」

陳熹坐起來，瞪著陳照。這混球糊弄過去就行了，幹麼實話實說？

莊蕾過去，用手指戳著陳熹的腦袋。「什麼亂七八糟的？腦袋瓜子裡想什麼呢？自家兄弟，別胡鬧，好好睡！」

「三郎，去床上睡，沒那麼多瞎講究。」莊蕾笑著。到時候洗一下被單跟枕巾就行了，算什麼事？

陳照趕緊點頭，莊蕾掃了陳熹一眼。「別欺負三郎！」

陳熹剛想瞪陳照，被莊蕾的小眼神一看，收回目光，低著頭答應。「嗯。」

四天之後，宣兒沒有發燒的跡象，莊蕾寫了醫囑，算是放他出院了。

臨行之前，宣兒非要吃了飯再走，莊蕾無奈，幫他做了一碗爛糊麵，裡面放了些肉末跟青菜。他吃得極歡，大有其實不回去也可以的架勢。

「姊姊，妳什麼時候來淮州看我？」莊蕾不過自稱姊姊一次，宣兒索性就喊她姊姊了，淮南王和王妃也隨他。

莊蕾笑了笑。「過幾日就來。你肚子上的傷口，還要讓我拆線呢。」

宣兒仰頭問：「拆線疼嗎？」

「一點點，不會太疼。」莊蕾說道：「你看，你那麼勇敢，連開腹這一關都過了，還有什麼過不了的？對吧？」

「嗯，父王說，我以後會是一個好將軍，我當然要勇敢。」宣兒還在換牙，說話漏風。

「是呀。」莊蕾說道：「不過，這幾天不能頑皮，不然線綳開了，我還要用繡花針一點一點的把你的皮肉縫起來。」

宣兒退後一步，瞪大了眼睛。還沒等他怕完，就被淮南王抱上了車。

王妃站在車前，風吹著她的頭髮，將手上的一串珊瑚珠子塞給莊蕾。

「莊娘子，此物聊表我的心意。」

「我一文錢都沒少收，怎麼好意思拿這麼貴重的東西？」莊蕾推辭。

「宣兒是我的命根子，叫我拿命來換都願意。不過是一串珠子，妳拿著。」

莊蕾看著手裡的珠子，不再推卻，聽王妃說道：「妳那個口脂甚是好用，可還有？」

「有的，我做了好多個。」莊蕾進去，拿了五個給王妃。

王妃接過。「下次來淮州，幫我多帶些，最好能有顏色的。我留著送送人，可行？」

莊蕾應下，揮手看著淮南王夫婦離開，心裡想著，她好似又多了一門生財之道啊。這一隊人馬讓她忙了幾天，總算可以喘口氣，歇兩天了。前世春節加班工資翻倍，這次加班也是賺了個結結實實，淮南王府給了一千兩診金，歸於壽安堂；四天吃喝，又得了一千兩銀票，這個自然是陳家的進項。

張氏看著天降橫財，簡直不敢想像。以前陳大官人算是能幹的，陳家在十里八鄉是有名的富戶，但辛苦了好幾年，家底也就那麼一點。

莊蕾讓張氏把銀票收好，張氏說：「咱們得給黃老太太送點東西過去，謝謝人家給了這麼多菜，不然也撐不過這四天。」

莊蕾想了想，還是用她吃食上的天賦，幫黃老太太做些點心，讓她新年裡添些樂趣。

李家村裡，吳郎中正跟李春生解釋青橘飲的事。

「這肯定就是青橘飲，我那一天看見那個小寡婦在做的。你也別怪她賣得貴，這麼一小盞，得用十幾斤的橘子皮。」

李春生的骨頭疼得越發難受，已經完全沒了力氣，喘著氣道：「可這東西沒用啊……」

「是你吃得不夠多。我問過江玉蘭了，一天要吃三瓶，還不得用掉百來斤的橘子。再說了，我也沒本事一下子做這麼多，你知不知道，做這個東西有多繁瑣？

「貴有貴的道理，實在不行，還是去找壽安堂看吧，我每天做這個藥都快做死了。對了，你們把錢付一付，我沒錢買橘子了。」

「青橘飲，應該是用青皮橘子做的吧？你現在用的都是黃皮橘子，是不是在騙我們啊？」李婆子問道。

「這個時節，到哪裡去找青皮橘子？再說了，我那天清清楚楚、明明白白看見那個小寡婦用的就是這種橘子。還有，我也問過別人了，壽安堂收橘子，從來不管青皮還是黃皮的。」吳郎中振振有詞。「二十兩拿來，否則我真沒法子幫你們治了。」

李婆子哆哆嗦嗦拿出二十兩。「你再治不好，我們沒錢看病了。」這日子要怎麼過啊？吳郎中離開，李春生還是渾身難受，疼得厲害。

另一邊，江玉蘭回想吳郎中向她打聽的事，越想越覺得不對勁，看見吳郎中出來，立刻攔住他。

「你問青橘飲的事幹什麼？」

吳郎中悶頭往前走，江玉蘭追著他問：「你給我說清楚，要做什麼？」

「沒什麼。」吳郎中回她一句。

「你是不是偷了莊娘子的方子？」江玉蘭問。

「妳這個婆娘怎麼說話的？什麼叫偷，是莊娘子親口說的，我怎麼可能去偷？」吳郎中看向江玉蘭。

江玉蘭才不信莊蕾會把方子告訴這種人，也不管吳郎中了，回去把孩子託付給王婆子，一路跑進了城裡。

張氏聽見外面有敲門聲，出來開門。

江玉蘭頭髮散亂，喘著粗氣道：「陳家嬸子，莊娘子在家嗎？」

「在。妳有什麼事嗎？」張氏對江玉蘭沒什麼好感，要不是看在能膈應李家二老的分上，可不希望莊蕾去救她。不過後來看見江玉蘭還有兩個孩子，又心軟了。

「我有要緊事告訴她。嬸子，您讓她出來行嗎？」江玉蘭的態度極為客氣。

莊蕾正在賴床，聽見外頭的動靜，不得不從溫暖的被窩裡爬出來，穿上衣衫，拿了梳子梳頭，走到外面。瞧見江玉蘭跑得臉上有汗，面色通紅，很是疑惑。

「大過年的，有什麼急事？」

「青橘飲的方子被人偷走了！」江玉蘭急道。

莊蕾心頭一震，臉色都變了。雖然她不認為這個方子是她或者壽安堂可以據為己有的，但也不代表此時想公開。

「妳說什麼？」

「李春生他們請了吳郎中去治病，也給李春生吃青橘飲，還來問我一天要吃多少瓶？我問吳郎中是不是偷了你們的方子，他說是妳親口告訴他的。」江玉蘭把事情經過原原本本地說出來。

莊蕾沈思，萃取青黴素的步驟極為繁瑣，如果不知道原理，就算知道了過程，也很容易失敗。

而且，她什麼時候告訴過別人青橘飲的製法？聞家祖孫根本不可能告訴別人，而壽安堂的夥計和學徒，沒有哪一個看全過程，幾乎沒有洩漏方子的可能。

「妳跟我說，吳郎中長什麼樣子？」

江玉蘭比劃著，一旁的陳月娘走過來說：「臘月二十八那天，咱們在院子裡用橘子皮做口脂，有個男人沒頭沒腦地來問妳在做什麼，妳告訴他在榨橘子油，不就是他嗎？」

莊蕾恍然大悟。「對，那天的確有人過來。」把來人的樣貌詳細說給江玉蘭聽。

江玉蘭聽著，忙點頭。「那是妳說的？」

「對，是我親口說的，但他一知半解，鐵定做不成的。謝謝妳跑這麼遠的路來告訴我。」莊蕾笑著道。

江玉蘭聽莊蕾這麼說，放下心來。

張氏在一旁聽著，發現江玉蘭是真心為了莊蕾好，想想她家裡的兩個孩子，再想想李春生那個畜生，沒有江玉蘭的時候也沒少打陳月娘，一下子便釋然了。

江玉蘭剛要向莊蕾告辭，聽見張氏叫她。「江娘子，妳等等。」

張氏進去拿了幾塊米糕，用荷葉包了，塞給江玉蘭。「拿回去給孩子吃。」

江玉蘭沒想到，以前她跟李春生攪在一起，莊蕾救她性命不說，張氏還這樣對她，跪下對著張氏和陳月娘磕頭。

「嬸子，月娘，以前是我對不起妳們。」

張氏拉她起來。「算了。若是別人，我們定然恨妳，可李春生沒有妳，也會有別人。以後，別再做這種事。」

江玉蘭仰頭。「但凡能管好肚子，我也不願去幹那等丟人現眼的事。莊娘子說，過年之後讓我去壽安堂幹活，我絕對不會再做那種事了。」

「那就好。」

江玉蘭磕過頭，離開了陳家。

莊蕾想了想，決定在每一瓶青橘飲裡調入一滴橘子精油。帶點橘子味道的青橘飲，更加實至名歸不是？

第四十九章 淮州

幾日後，莊蕾要陪著聞先生去淮州赴宴，順道幫宣兒拆線。聞先生派人來問莊蕾，要不要帶家人一起去州城玩玩？

莊蕾問張氏要不要一起去？張氏不肯，說要在家裡看著，她放不下這點子家當，讓莊蕾帶著陳月娘和陳熹他們一起去。

張氏拿了二十兩銀票和一袋子碎銀給莊蕾。「妳常出門，多帶些錢。還有，妳跟在聞先生身邊，他是師父，妳是徒弟，別老是讓先生付錢，掏錢得勤快些，可知道？」

莊蕾應下，張氏就是不肯占人便宜的。

張氏吩咐完，又各給其他人一袋碎銀，再塞了十兩銀子給陳月娘。「妳帶著兩個弟弟挑些筆墨紙硯。要是有衣衫什麼的也買些，難得出去。」

張氏絮絮叨叨，生怕自家孩子不會花錢，莊蕾便一把抱住她。「娘，我們一定把錢花得一分不剩，這樣可行了？」

「去吧。」張氏笑著揮手。

當初如一隻煨灶小貓一樣的小丫頭，今日包裹在米色錦緞之下，已經長得窈窕動人。若是大郎還在，花兒也及笄了，兩個孩子今年就能圓房了。

一想起大郎，張氏心頭就酸澀，轉過身用袖子擦了擦眼淚，把門關上。

聞家給陳家單獨派了一輛車，一家子坐在車裡。

上次莊蕾來淮州，還是為陳月娘辦嫁妝首飾的時候。那時的她，看什麼都帶著怯怯的好奇眼神，卻因為有大郎在身邊，安心了些。

莊蕾想起大郎，心裡不免難受，側過頭，撩開車簾看向窗外。遠處村落前有棵參天大樹，沒有一片樹葉，枝椏上有個碩大的鳥巢，顯得很是蕭瑟。

「嫂子。」陳熹的聲音讓莊蕾回神，見他拿出一只小盒子。「咱們打葉子牌？」

「我不會。」

陳熹笑道：「沒關係，大姊也不會，我教妳們。不然路途這麼長，豈不是很煩悶？」

莊蕾把心思放在新學的遊戲上，不一會兒便來了精神。剛開始幾局，她還沒摸到門道，總是出了不該出的牌，後面漸漸領悟，贏了幾把，甚至還能指揮依然有些手忙腳亂的陳月娘，路上一點都不無聊了。

另一輛車上，聞先生帶了自己的老伴，還有兩個孫子出來。抵達淮州要一個半時辰的路程，途中便下車歇息。

莊蕾拿了蜜餞給聞海宇的弟弟嚐嚐，對聞老太太叫了一聲。「聞奶奶。」

聞老太太淡淡應了一聲，並不熱絡。

聞海宇從車上拿了秋梨糖，塞給莊蕾。「路還很長，妳拿去吃，要不坐車可無趣了。」

「不會無趣，我們在打葉子牌，師兄要不要過來一起玩？」莊蕾邀他。

「好啊。」聞海宇欣然應道，應完了才想起沒問爺爺奶奶，轉過頭。

聞先生笑著說：「去吧。」

聞海宇的弟弟要跟，被聞先生一把抓住。「先在路上睡一覺。到了城裡，有你玩的。」

這下子有了五個人，陳月娘主動把位置讓出來，坐在莊蕾身邊。

莊蕾現學現賣，一邊打、一邊教陳月娘，輸了還被陳熹嘲笑。

「就這點本事，還要教大姊？」

「再來再來。」莊蕾雄心萬丈地喊道：「我就不信贏不了你了。」

陳熹嘿嘿一笑。「輸了不要賴帳。」

「我才不會，就怕你哭鼻子。」莊蕾還要說，陳月娘在她嘴裡塞了一塊糖，便含著糖叫囂。「我一定要讓你知道，什麼叫長幼有序！」

陳照忽然叫起來。「聞大哥，你怎麼放牌給嫂子，這就過分了啊！」

莊蕾哼了一聲。「他是我師兄，當然幫我。」

聞海宇抬頭看莊蕾，溫和地笑著。「是啊。」

陳熹瞥聞海宇一眼。「你們等著瞧。」

半個時辰後，莊蕾把牌一扔，氣道：「不來了！陳二郎，一個人獨贏有意思嗎？你本事大，會算牌是不是？」

「賴皮了不是？」陳熹笑話她。「認賭服輸，不能這樣的。」

「懶得理你。」莊蕾嘟起嘴。

陳月娘摟著她，笑著哄道：「是二郎不好！好歹妳是咱們的嫂子，怎麼發小脾氣了？」

「花兒，別生氣。」聞海宇也勸道：「等下到了淮州，我帶妳去逛夜市。淮州晚上可漂亮了，不像咱們遂縣，什麼都沒有。」

莊蕾還沒應下，陳熹張口就說：「聞大哥，我也去。」

陳照跟在後面應著。「我也想去。」

莊蕾側過頭看陳熹。「京城的夜市沒看夠，還要來淮州看？」

「不一樣。京城裡，可沒有嫂子和大姊一起看燈。」陳熹挑眉。

莊蕾想起這小子在京城裡過的那些日子，那麼點小脾氣就消了，罵了一聲。

「小壞蛋，等下再來。你不能一個人獨贏，那是要犯眾怒的，知道嗎？」

「我聽嫂子的，嫂子說什麼就是什麼。讓嫂子一個人贏，我們都開心對吧？」陳熹看向聞海宇和陳照。

陳照立時說：「對！」

聞海宇跟著附和。「對！」

「小混蛋！」莊蕾又罵了一聲。

一路吵吵鬧鬧，便到了淮州城門口。

有人攔住馬車，問道：「是壽安堂的聞先生和莊娘子嗎？」

莊蕾撩開車簾下來，見一個穿著十分體面的男子站在旁邊。頜下無鬚，但看上去，年紀肯定超過四十了。

聞先生上前。「我便是聞銳志。」

莊蕾走過去，跟在聞先生身邊。「我是莊蕾。」

「王爺和娘娘說，讓兩位去王府住兩日。」

「我們還帶了家眷。」莊蕾愣愣地說出口。

「多幾個客人罷了，莊娘子無須擔心。」

莊蕾上了馬車，陳熹問她。「淮南王邀請妳去王府做客？」

莊蕾點點頭。「可我不想跟朝廷權貴走太近，沒意思。」

「不走得近，誰幫妳撐腰？這個世道，有個硬靠山很重要。」陳熹道：「淮南王名聲不差，他是大津的抗倭名將。」

莊蕾點頭。「也是。」

車子進了城，不一會兒就到了王府門口。

莊蕾下來，見前面的下人對來接他們的人彎腰，喊了聲。「郭伴伴。」立時明白這是太監了。

一家子從車上把包袱拿下來，郭伴伴便引著他們，從側門進了王府。

陳照和陳熹在京城也是見過世面的，莊蕾有前世的記憶打底。唯獨陳月娘是真正的鄉下婦人，第一次見到這樣的大宅院，頭轉來轉去，看得好不稀奇。

一行人進了一座單獨的院子，裡面也是正屋加上東西兩側的廂房，格局十分規整。聞家人住正屋，陳家人住了東廂房。

東廂房裡，兩個十五、六歲的清秀丫鬟上前，屈膝道：「見過兩位娘子，兩位小爺。」

陳熹挑起眉，淡淡一笑，極有翩翩公子的風度。「兩位姊姊，我們來王府做客，可有什麼特別的規矩？麻煩提點一二。」

「漱玉姑姑吩咐，客人要是有什麼缺的，儘管開口。規矩倒是不多，內院自有人看守，不得隨意進入。若是您要去城裡逛逛，只管跟奴婢們說，奴婢會安排小廝陪伴。」

「多謝，不知何時能拜見王爺和王妃？」莊蕾問道。

「王爺不在府中。漱玉姑姑說，等客人安頓好了，隨時都能去見娘娘。」

莊蕾點頭，洗了臉，整了整頭髮，揹上藥箱去找聞先生，讓丫鬟安排他們去見王妃。

自認見多識廣的莊蕾，在看到擋風的簾子都是用油亮光滑的緞子做的時候，這才真正見識到了古代皇族的奢靡。

進了殿內，一股沉香味瀰漫開來，繞過碩大的木雕屏風，淮南王妃坐在那裡等著，頭上是點翠的首飾，身上是紫色緞面的衣衫。

莊蕾唯一的感覺就是貴。她身上的緞面衣衫，只夠他們糊牆的。

莊蕾和聞先生向王妃行禮。昨晚，陳熹幫她惡補了一番豪門禮儀，裝模作樣學著女子行禮的樣子，讓她笑得前仰後合，他還生了一會兒悶氣。

其實王妃沒在意莊蕾如何行禮，知道莊蕾長在鄉下，之前去遂縣，便發現莊蕾行禮很隨興，更將她兒子當成鄰家男孩看待，沒想到這會兒行禮倒是有模有樣了。

「免禮，王爺說你們難得進城，不要太過打擾，我卻想著，救命大恩總要謝的。那個院子靠近北街，有門口可以直接出去，離王府正院也近，倒是方便。你們在那裡住兩天，不用拘謹。」

王妃說話溫柔和藹，讓人感覺如沐春風，莊蕾不覺想要親近她。

聞先生跟王妃閒談幾句，就沒話說了，有些尷尬。

王妃見狀，笑著說：「聞先生，我留莊娘子幫宣兒拆線，您這裡自便。」

聞先生暗自鬆了一口氣，馬上行禮走人。

等聞先生出去，王妃帶著莊蕾進內院，去了宣兒的住處。

宣兒一見莊蕾，就跑過來。「姊姊！」

「來，躺下，我幫你拆線。」莊蕾摸了摸他的腦袋。
宣兒乖乖躺在榻上，莊蕾將藥箱放下，拿出瓷盆，用竹鑷子從罐子裡挾出她自製的酒精棉布。
莊蕾讓人拉開宣兒的褲腰，鬆開綁帶，乾燥平整的傷口如一條細線，不由笑起來。
「這條刀疤很秀氣！」
宣兒的臉一下子脹得通紅。「啊？」
「刀疤還有秀氣的嗎？」王妃也被她逗樂了。
「我在稱讚自己的縫合術高超。」莊蕾挾著棉布，擦了擦傷口。
宣兒閉上眼睛，伸手捏緊王妃的手。
莊蕾問他。「一點點疼，你都怕呀？你不是說，以後也要跟你父王一樣，成為一個大將軍嗎？」
宣兒睜開了眼，咬牙道：「不怕！」
莊蕾用剪子把線剪開，再一根一根挑出來。她挑一根，小傢伙眨一下眼睛，好生有趣。
「好了！」
「啊，好了啊？」宣兒叫了一聲。
莊蕾收好自己的用具，從藥箱裡拿出兩只瓷盒和幾張紙，遞給王妃。
王妃接過，打開來看，是幾盒口脂。

「冬天沒有鮮花，從乾花取的顏色太淺，只能塗塗唇，看不出顏色。塗在嘴上的胭脂，一定不能用朱砂，紅藍花和玫瑰都可以。我每日看病都來不及，實在沒空做這個，便寫了張方子，您可以照著方子做。上面另有幾個萃取精油的方子，玫瑰花露跟丁香花露都可以養顏。要是您這裡做了，送我一些？」

萃取和提煉，無非就是幾個法子。前世莊蕾有空就泡在自家老爹公司的實驗室裡，經手的藥多了，就有了想法。

「本宮讓妳做，妳竟然差使起我來了。」王妃打趣道。見莊蕾大剌剌的樣子，加上之前在陳家住了幾日，便不再端著架子。

「您也知道，我就是個小郎中，一個月掙不了幾個錢，病人卻多，實在忙啊。」莊蕾抱怨，口氣略帶了些熟稔和嬌俏。

王妃看著這個比她小了十來歲的姑娘，又是自己兒子的救命恩人，一時間親切了不少。

「這些方子是錢，妳就隨隨便便給本宮了？」

「放在我手裡，我又沒空去變錢。」莊蕾看了看王妃的臉。「娘娘，您吃紫河車嗎？或者用胎盤之類的東西？」

王妃仔細想了想。「本宮曾經吃過，說是暖宮、養顏的。」

莊蕾笑笑。「這是我一家之言，您且聽聽。紫河車有安心、養血、益氣、補精、解毒的功效，確實對婦人有諸多好處。那一日與朱縣令的夫人聊天，聽她說宮裡的麗妃娘娘吃紫河車保持顏色。但紫河車也會促使某些疾病的發作，還是不碰為好。」

「竟是這樣。」王妃轉念一想，道：「問妳一件事。本宮的身體，一直有些不爽利。」

「您坐下，我給您把個脈。」

王妃依言坐下，莊蕾把脈，再看了看舌苔，問道：「是不是行經會疼？」

「是啊，做姑娘時就有的毛病了，說是生了孩子就會好，也不見好。」王妃無奈搖頭。

「以後，您早上起來喝一杯我開的茶方試試，幾個月後應該會好些。」

莊蕾坐下，提筆幫王妃寫了些調養的方子。

第五十章　赴宴

雖然是過年，淮州還是有很多店家開門做生意。

陳家姊弟幾個是奉母命來花錢的，莊蕾也記得婆母說的，不能讓聞先生一家付錢，所以聞海宇的弟弟斌兒想吃糖葫蘆，她買；想要糖人，她也買。想要什麼，便買什麼。

可不知怎的，她買了那麼多，聞老太太卻好似提不起興致來。逛了半個時辰，就說：

「我腿腳不靈便，斌兒年紀也小，我們就先回去了。」

聞先生笑了一聲。「阿宇，你們一起玩玩，我和你奶奶先回去。」伸手去牽斌兒。

「阿宇也回去吧，斌兒見不到你，肯定吵著要哥哥。」聞老太太說道。

這全是藉口，全是套路，聞海宇天天跟在聞先生身邊，也沒見斌兒吵著找他。

「奶奶，我再逛逛。」聞海宇不太想回去。

「阿宇，陪奶奶回去。」聞老太太這句話，說得就有些生硬了。

莊蕾看向聞老太太，聞老太太卻低著頭不看她，便轉頭勸聞海宇。

「師兄，聞奶奶說得對，爺爺和她今天舟車勞頓，斌哥兒要是再吵，他們也歇不好。你回去陪斌哥兒，讓二老好好歇歇。」

聽莊蕾這麼說，聞海宇有些掃興地往回走。

聞老太太掀起眼皮，看了莊蕾一眼。

莊蕾沒理會她，轉頭招呼身邊的人。「我們繼續逛逛。」

陳熹跟上莊蕾的步伐。「嫂子，別生氣。」

「我生什麼氣啊？」莊蕾問他。「跟一個無知的老太太嘔氣，無聊嗎？」難怪有人說寡婦門前是非多，不是寡婦要勾搭誰，而是別人對她有成見。

莊蕾不會為了這麼點扯淡的事而鬱悶，一路逛下去，去筆墨鋪和書鋪挑了不少東西。又給張氏買了衣衫，一起吃了大包子，買些燒餅，打算明日帶回去。

另一邊，聞先生帶著一家子先回了王府客院，將斌哥兒交給聞海宇，便要聞老太太跟他回房。

「進去，咱們好好說說。」

「說什麼？」聞老太太問道，口氣開始不好了。

進了房裡，聞先生問她。「這種場面，妳何必讓花兒下不了臺？」

「她安的是什麼心，你看不出來？你是不是瞎了啊？我不知道你是被她迷糊了眼，還是怎麼了，自己孫女不傳，自己外孫不傳，偏要將一身醫術傳給一個外人。現在我算是明白了，你打算讓她做咱們家的孫媳婦是吧？」聞老太太的胸口起伏。「我不答應！好好的人家，什麼人不能娶，去娶一個死了男人的寡婦。」

「妳懂什麼？什麼叫我傳她醫術？她的天分和醫術，遠高於我和阿宇。要是我們能娶她當孫媳婦，有生之年或許還能看到聞家成為大津第一的醫藥大家。」聞先生被老妻的無知氣壞了。「就算我希望人家做咱們家的兒媳婦，人家也未必肯。」

聞老太太氣得坐下。「呵呵，人家在娘胎裡就學醫了，所以這個年紀已是醫術過人，你哄誰呢？我是不會要這個晦氣的女人進門的。你當我不知道，你這輩子心裡最遺憾的，就是沒有娶那個寡婦。」

聞先生一聽這話，真的被惹惱了。

「妳又扯遠了，我要是想娶她，那就沒妳的事情了。但今天看起來，我就是一輩子不娶，也比現在好！」

「好啊！我為了這個家……」聞老太太開始絮絮叨叨。

「好了，這是王府，不是家裡！」聞先生低喝一聲，讓聞老太太停止了抱怨。

聞海宇在門口聽了兩句，便把斌兒帶進房裡。他真怕兩人吵起來，在王府裡丟人現眼。從他懂事開始，爺爺奶奶一直是這樣，三天兩頭便會吵起來，主因就是他們嘴裡的寡婦——黃家老太太。

他時常想，如果爺爺娶了黃老太太，興許現在的日子能過得更好些吧。

晚上，王府派了客卿和王妃身邊的女官宴請兩家人。

莊蕾知道，淮南王與王妃不可能親自出來招待。特地設宴，已經算是相當尊重了。聞老太太和莊蕾、陳月娘坐一桌。許是聞老太太自己想多了，看上去有些不自在，對莊蕾也十分冷淡。

莊蕾依舊客氣，雖然有丫鬟在一旁伺候，還是幫著照顧聞老太太。

「聞奶奶，您吃一片捆蹄，味道很不錯。」

王府的女官只知要招呼好莊蕾，對聞老太太可沒什麼興趣，只顧著與莊蕾說話。聞老太太是個極要面子的人，感覺被冷落，這一頓飯吃得很尷尬。

男賓那裡，唯有斌兒無憂無慮，吃得很是歡暢。聞家祖孫各懷心事，臉色都不太好看。陳熹只能挑起大梁，之前他在京城也算是眼界開闊，與客卿天南海北一通聊，也算是賓主盡歡。

第二日，莊蕾換了一身白色提花的裙裝，把蘇清悅送的銀狐皮坎肩套在外頭禦寒。這麼一搭，倒是更顯得粉妝玉琢，漂亮得讓人挪不開眼。

方才在院子裡，她碰上聞海宇，聞海宇盯著她半晌，被聞老太太叫住，扯進了房間。上了馬車，莊蕾看聞海宇沒有跟過來，問道：「爺爺，師兄怎麼沒有來？」

今日除了履行賭約，也要跟淮州本業裡有頭有臉的人見面。聞先生年紀大無所謂，莊蕾也不太在意，但對繼承聞家衣缽的聞海宇來說，就是一個很好的機會了。

聞先生捏了捏眉心。「他奶奶對淮州不熟悉，讓他陪他奶奶。」

莊蕾心想，聞老太太防她跟防賊似的，但她不想偷啊，這樣把聞海宇拘在屋裡算什麼？

聞先生道：「妳聞奶奶一直在家裡不出門，所以眼光狹窄了些。妳不要太在意。」

聞先生很不好意思。論醫術，他算不錯，不過跟莊蕾相比，那實在差得太多。是他靠著莊蕾開拓整個壽安堂的未來，自家老妻卻把她當成妄想嫁給聞海宇的小寡婦，甚至是小妖精，他也很無奈。

「其實，爺爺可以考慮讓師兄去當許太醫的助手，咱們自己再招幾個學徒。這樣，師兄跟我待在一起的時間少些，同時也能跟周院判攀上關係。如果青橘飲的事情上報，師兄代表壽安堂跟著許太醫進京，以後前程無限，也能讓聞奶奶安心。」莊蕾建議道。

聞先生低著頭。「不妥，這等於讓他拿著妳的東西當作墊腳石往上爬，憑什麼？再說，他也沒那個本事。」

「我不介意送師兄一個前程。至於本事，他背後有咱們倆，還怕什麼？」莊蕾道：「有了前途，師兄議親時，也有好的選擇不是？」

莊蕾說出這話，想來聞先生也能明白，她對聞海宇沒什麼興趣。

其實，她對誰都無意，第一是年紀還小，談什麼戀愛？第二，這個世界對於一個已婚女人來說，要出來工作幾乎不可能。婚姻對她來說是束縛，而不是依靠。如果大郎在世的話，或許是例外，只是大郎再好，也不在了。

聞先生聽了她的話，臉色有些不好看，明白莊蕾真對自家孫子沒意思。就算曾經有那麼一點點，被自家老婆子幾句話一說，也徹底沒了心思。

莊蕾見狀，不繼續說這些了，打算以後離聞海宇遠一些，免得他誤會，也免得聞老太太多想。

到了春風樓，師徒倆下車，許太醫已經等在門口。

聞先生向他拱手，莊蕾屈膝行禮，許太醫伸手請他們上樓。

樓上開了四桌，三桌男客，一桌女客。許太醫引莊蕾去女客那邊，交給妻子招呼。

「娘子，這就是我一直跟妳說的莊娘子，妳替我看顧好。」

有句話說，只有永遠的利益，沒有永遠的朋友。在利益前，許太醫選擇和他們做朋友。

「許太太。」莊蕾帶笑叫了一聲。

「莊娘子快坐。」許太太對莊蕾說道。看著莊蕾這般裝束，就是一個小姑娘，自家男人卻說她是個手段極高的女人，這對不起來啊。

莊蕾安安靜靜地坐在那裡，聽著那些醫局郎中的娘子家長裡短，一如在小溝村河邊的洗衣婦人們說著無中生有，有中還要有的隱秘之事。

她偶爾露出一點點笑容，表示在聽。加上她今天一身白，跟一隻小白兔似的，給人完全無害的感覺。

許太醫是淮州醫局的老大，今天卻不得不向聞先生下跪，實在丟人。為了顯得不那麼尷尬，跪之前定要作足一番好戲，對壽安堂好一頓吹捧，彷彿這樣可以幫他扳回一點點面子。這樣做沒什麼用，今日來的除了醫局的人之外，也有淮州出名的郎中，心裡都存了疑。

「各位，我與聞先生結緣是三十年前，或許應該說是結怨了。當年聞先生要醫治……」莊蕾聽著許太醫按照她的劇本開篇，從那椿恩怨說到這次蘇老夫人的背疽，再到前幾日的開腹取腸。

在淮州地界，聞先生的名氣是有的，治好已入肺腑的癰疽也就算了。更神奇的是，他居然能開腹取腸，治了腸癰。如今連肺癆和花柳也可以治，這個牛就吹得離譜了。

許太醫一臉不管你信不信，我就是信了的表情，讓在座的人覺得，丟臉不可怕，可怕的是還要強行幫自己找回面子，那就更丟人了。

有人當了出頭鳥，問道：「聞先生是怎麼治肺癆的？」

聞先生轉過頭。「裘先生在這塊也是名醫了。無他，肺癆最主要是癆蟲在作怪，用藥殺死癆蟲是關鍵，也就是祛邪固本，祛邪為重……」

「從古至今，都說癆蟲會把肺啃咬成洞，但是誰也沒見過癆蟲。你的說法不新鮮，能不能有點新意？」留著一把鬍子的裘先生說話很不客氣。

聞先生本就不善言詞，加上中年以後才有名氣，在這種有祖傳秘方的人面前被逼問，顯得落了下風。

「世上本無新鮮事，無非是舊酒裝新瓶，你要什麼新意？」莊蕾站起來。「肺癆的症狀，就是癆蟲作怪，關鍵是藥選對沒有。即便選對了，那藥效如何，便是我們需要知道的。」

莊蕾公然插話，讓這群頗有資歷的郎中很是不滿。一個臉頰還嫩嘟嘟的小姑娘，也能這樣說話？

「莊娘子是吧？聞先生的愛徒？雖然聽說妳很有天分，但咱們這裡還沒有小輩說話的地方。」裘先生冷哼。

許太太拉了拉莊蕾，莊蕾坐下，許太太在她耳邊說：「這是淮州的名醫裘先生，用祖傳方子治療肺癆，也算是有一手的。他這個人小器，妳沒必要得罪他。一旦得罪他了，他會到處說妳壞話，很沒意思。」

許太太說得委婉，另一位太太卻道：「什麼有一手，不就是祖傳的清肺方嗎？聽我家那口子說，雖然不知道裡面的配方，但也是碰運氣，十個裡能有一個被治好，已經了不起了。反正肺癆這個病，治得好就治好，治不好便輾轉換其他人看，最後不是死在他手裡就好。他脾氣壞，又自以為是，這種人不要惹。」

這種人，她偏要惹。他要是人品好，她還不好意思打臉呢！

莊蕾對著裘先生笑了笑。「我聽您說，您對肺癆有何高見？」

「女人家不需要聽高見。大津的女醫，我見過幾個，能把脈識出沈浮，已經是了不得。

能接生，開個頭疼腦熱的方子，便能自稱名醫了。」裘先生很是自信地說：「更別說像妳這樣的小丫頭，跟了個半吊子的郎中，就以為自己很了不起。遂縣，不過是一口井罷了！」

這麼看輕女醫生，還說她是井底之蛙？

聞先生被人批評幾句也就忍了，可裘先生說的是莊蕾，讓他心裡不舒服了，站起身。

「裘先生，你這話就過了。老夫遊歷四方，見多了醫者，我這個小徒弟的天分，算是裡面最高的。你這樣說，也未免太倚老賣老了。」

「若是跟你，我還願意探討一二；至於她，求我指教都不配。來，我們繼續說肺癆怎麼治。今日你就說說你的高見，讓我們也知道知道，備受許太醫推崇的聞先生是個什麼樣的大家。」裘先生要跟聞先生論肺癆。

「莊娘子，不要生氣，吃菜，讓他們去論，我們女人家別摻和這些事。他們說對就是對，隨便他們去。」同桌的女人勸莊蕾。被這麼一個老先生罵了，生怕這個小姑娘會哭出來。

「聞先生是怎麼回事，何必惹這種腌臢？」另一個女眷說。

「話不是這樣說的，他說錯了，難道還要奉承他？身為醫者，我們的判斷正確與否，影響的可能是病患的生死。就他這個態度，今天我非要指點指點他！」

莊蕾聲音不大，卻也不小，保證在場的人都能聽到。

「呵呵，遂縣出來的師徒，還真是口出狂言。」裘先生冷哼說道。

莊蕾看向他。「裘先生，我們來論一論肺癆病發的過程，如何？」

「我不跟一個小丫頭片子計較。老夫說了，妳不配我的指點。」他看向莊蕾的眼神裡，全是蔑視。

「今日我要讓你知道，遂縣的師徒是不是口出狂言。你不指點我，我來指點你，來替你在肺癆這塊上解解惑！」

莊蕾這話說得狂，全場沒有譁然，而是倒抽一口冷氣。小姑娘也太沒有眼色，不識高低了吧？

第五十一章　指教

莊蕾明白，醫生這個行業，自古以來都是吃一個「老」字。不然，前世的牛皮癬廣告，為何要冠一個祖傳老中醫的名？

「當真是無知者無畏。」裘先生氣極反笑。「妳拿什麼來指點我？妳這個年紀，能懂多少東西？聞銳志，這種沒有眼色的東西，你也敢帶出來丟人現眼？」

莊蕾笑了一聲。「那我就讓你長長眼。許太醫，備桌子跟紙筆。」

許太醫在莊蕾手裡吃過的虧，讓他記憶深刻，立刻讓人上了條案，備了紙筆。

聞先生不知道莊蕾要做什麼，只說：「花兒，我們要給人家留三分臉面，以後出去才好走動。」

莊蕾一副小兒不知天高地厚的模樣。「爺爺放心。他說我不配被他指教，您卻一直告誡我要教學相長，相輔相成。既然他不願教我，換我來教他，也是一樣的。」

她磨了墨，提起筆道：「今日，我就把肺癆病發的過程，用畫的方法來解釋。」

莊蕾的字畫功力承襲於前世的奶奶。她奶奶是國畫大師。所以前世在偏遠地區幫當地的醫生上課時，她的一手粉筆畫，讓多少醫生驚嘆，說她是被醫學耽誤的畫家。

莊蕾用紅黑兩色畫出一個健康的肺到整個壞死的過程。有人驚嘆，這也太傳神了。

六張畫完成，莊蕾叫了一聲。「許太醫，找個人幫我拿畫。」

許太醫說：「我來吧！」

聞先生過去拿起另一個角，莊蕾便開始講解。「肺癆的病氣是這樣起來的……不是說每一個過到病氣的人都會……」

上課是她前世的另外一個技能，畢竟身為醫學院的教授，這個也是她的主業之一。如何把病症講得深入淺出，讓學生容易理解，是她的基本功。

「所以，我說是舊酒裝新瓶，正是這個道理，祛邪固本的思路沒有問題。我們有一個肺癆晚期的患者，他陰陽兩虧，我們用的方子是麥冬一兩、姜半夏三錢、人參三錢……」

這張方子是莊蕾開的，在治療肺癆上極為高明，主要思路是固本培元，祛邪扶正。一般來說，郎中哪裡肯將自己的方子拿出來細細分析，還說哪一種藥歸入哪個經脈，起到什麼作用，為什麼要這麼配等等。

在場的人都是吃這行飯的，聽莊蕾這麼一說，恨不能拿紙抄了回去。

「若是單純用這個方子的話，肺癆能夠痊癒的希望，有兩到三成。」莊蕾說出兩到三成，讓大家覺得吃驚。畢竟是肺癆，哪怕是一線希望，也是了不起的。

莊蕾走到裘先生面前，笑著敲了敲桌子，就像老師敲著不認真上課學生的課桌一樣。

「裘先生，若您覺得自己的方子更高明，要不要拿出來討論討論？」

莊蕾畫出那幾幅畫之後，裘先生的嘴巴便發苦了，他從沒有想過，這樣年紀的小姑娘能有這一手。那張方子，她分析得極有道理，就是他也不能說得比她更好。

裘先生寒了神色，拉不下臉來。

莊蕾盯著他很久，才說：「您沒意見是吧？那我現在說說，怎麼樣可以把治好肺癆的機會，從兩、三成提高到九成。」

眾人雖然持疑，但見莊蕾對肺癆簡直是一清二楚，誰還敢輕視她，全神貫注地聽著。

「你們都知道聞爺爺拜了很多師父，走遍千山萬水，博採眾長對吧？」莊蕾環視一周，看很多人點頭。「他在外時，曾經見過一種藥，叫陳芥菜滷。不知道各位可聽說過？」

有人點頭，莊蕾便走過去問：「您能告訴我，陳芥菜滷的基本做法和功效嗎？」

聽那人說完，莊蕾道：「為什麼要埋十年，是為了去掉毒性？裡面到底有什麼毒性？或者說，我們需要的是陳芥菜滷裡面的藥性？陳芥菜滷製作的關鍵是什麼？這些想法促使我們去鑽研，終於發現了陳芥菜滷裡最有用的藥性，從而製作出青橘飲。」

「那什麼藥性是最有用的？」有人問道。

莊蕾看他一眼。「這個問題，可能要一年以後才能回答你。等我們的藥試驗穩定了，到時候再公開方子。陳芥菜滷沒有埋在地下，是有毒的，會要人命，這種藥也一樣。雖然我們已經發現其中有用的部分，也去除大部分的毒性，但方子還在修改，所以暫時不能公開。

「之前我們也和許太醫提過，希望淮州醫局的人能一起去看青橘飲的實際效果。我們希望，這張方子能讓肺癆不再難治。」

如果是這樣的方子，那是要留給自家小輩吃一輩子的，怎麼能在這樣的場合允諾公開，這不是開玩笑嗎？

聞先生笑著說：「陳芥菜滷也是在蜀州的廟裡見到的，那裡的大師在我追問之下，聽說我是游方的郎中，立刻說了方子。既然是從陳芥菜滷得到的啟發，大師能無私傳授，我們緣何不能拿出來讓天下人都用呢？」

這下，大家對青橘飲的好奇心全被勾了起來，從剛開始的懷疑，變成真的請教。

莊蕾回答了很多問題，尤其是對心肺上的毛病，解釋得更是詳盡。是不是行家，這還用說嗎？

莊蕾走到裘先生面前。「裘先生，我可夠格指點你？」

「妳——」裘先生臉上一陣紅、一陣白，站起身。「太狂妄了！」

「不知道是誰口出狂言，拿無知和偏見當成高見？」莊蕾看他。「自己不思進取，故步自封，還對別人妄下定論。若我是井底之蛙，你的天有碗口大嗎？」

許太醫過來打圓場。「莊娘子，等咱們驗證過青橘飲的藥效，到時候我把人全邀去壽安堂，妳再好好幫他們講解。今天是來吃飯的，不是來說怎麼治療肺癆的，到此為止吧。」

裘先生站起來，對著許太醫說：「老夫告辭。」臉面全無，匆匆而去。

「許太醫說得是，吃飯要緊。」莊蕾說道，坐回女子那一桌。

那些婦人看她的眼光完全不一樣了，莊蕾卻問了其中一位。「您剛才說那個婆婆知道兒媳婦偷人了，後來怎麼樣？」八卦嗎？繼續啊！

許太醫去送裘先生，心裡卻是暗暗高興。裘先生聽說他要設宴向聞先生賠罪，私下不止一次說三道四，嘲笑他無能。這次讓裘先生試了莊蕾那丫頭的本事，以後還敢嘲笑他？莊蕾大出風頭，實際上也是替他證明，他輸得理所應當。

許太醫心裡雖然那麼想，表情上卻全是遺憾。上樓時，看見莊蕾對著他笑，頓時有些發毛，還是趕快辦事，免得這個小姑奶奶不消停。

他挪出椅子，請聞先生過來。「聞先生，請坐。」

聞先生推卻。「許太醫，不必較真了。」

「不，願賭服輸是一回事，另外一回事，是我要為三十年前的舊案道歉。雖然你試過之後，未能救下蔡大官人，如今卻治好了蘇老夫人的癰疽，讓我知道，如果連試都不試，那麼病人必死無疑；試了，至少還有一線希望。

「所以，淮南王世子得了腸癰，我便請他來找你們一試。今天，請讓我還您一個公道，說一聲抱歉。」

這些話，都是宣兒在陳家養病的時候，莊蕾跟許太醫琢磨好的劇本。

許太醫說完，結結實實地向聞先生磕了頭，算是遲來的公正吧。

轉眼，就是正月十五了。

莊蕾起床時，已是日上三竿。馬上要開工了，能賴床就賴床。

吃飯時，莊蕾不見陳熹，問道：「二郎呢？」

「不知道啊，一早就出門了，說去隔壁阿保家，怎麼到現在還不回來？」陳月娘也疑惑。

「出去玩得連飯都不想吃了。」

「別看二郎平時沈穩，到底是個孩子，我去叫他回來吃飯。」莊蕾站起來，出了門。

阿保是他們搬來城裡之後新認識的街坊，年紀和陳照、陳熹差不多。

平日陳照和阿保處得好，有空會在一起聊天。陳熹喜靜，只跟阿保混個臉熟，打過招呼罷了。

阿保的爹是箍桶匠。家裡的鍋蓋、蒸籠都是他做的。

莊蕾從小巷子裡穿過去，門口堆著成捆竹子的那家，就是阿保家了。

她走進去叫道：「嬸子，在家嗎？」

「誰啊？」阿保嬸走出來。「莊娘子？」

「我家二郎在嗎？」

「在。」阿保嬸招呼道：「快進來。」

莊蕾進屋，聽見陳熹的聲音。

「叔叔，這樣可行了？」

「二郎！」莊蕾叫道：「你怎麼也不看看什麼時辰了？回家吃飯。」

她走上前，才發現陳熹手裡拿著鑿子，正在搗鼓某個玩意兒。

陳熹看見莊蕾，仰頭笑起來。「我一時忘記時辰了。妳看，快做好了。」

莊蕾這才瞧見地上有兩座兔子燈的骨架，有模有樣的。他竟是來學做兔子燈嗎？她只提過一句，說每年大郎都會做兔子燈給她，所以陳熹就記在心裡了？

陳熹站起來，放下鑿子。「嫂子，妳幫我拿著，咱們回家糊上紙就行。」把兩個骨架給了她，自己提了其他東西，對阿保叔說：「謝謝叔叔，我先走了。」

「客氣什麼，都是鄰居。」

張氏為人隨和，家裡又是做吃食鋪子的，莊蕾又要求每天東西務必新鮮，若有多餘的菜，便會分給鄰居。因此，進城沒多久，張氏便跟街坊很快熟絡起來。

阿保嬸送他們出去。「二郎，有空再來。」

兩人回到家，一家人坐下吃飯。

陳月娘盛飯，莊蕾把碗遞給陳熹，卻見陳熹拿筷子的手一抖。

「怎麼了？」

陳熹看了一下自己的手。「扎了一根竹刺。」

「我看看。」

莊蕾一瞧，果然有根刺扎在陳熹的手指上，另一根手指也有一道傷口，便放下筷子。

「來，我幫你挑掉，再上個藥。」

她拖著陳熹坐到太陽底下，拿了藥箱過來，取出金針，捏住陳熹的手指。

陳熹嘶的抽氣，莊蕾抬頭，笑看他一眼。「這會兒知道疼了？你的手只拿過筆，哪裡做過那等活兒？」

陳熹看著莊蕾低下頭，長長的眼睫毛微微扇動，專心致志地幫他把竹刺挑出來，不知怎的，臉上有些發熱。

莊蕾替陳熹挑出刺，擦了點藥，再把手上的小傷口處理好，才回去吃飯。

張氏看陳熹的手又是被扎、又是割傷，埋怨道：「你這孩子，怎麼去搗鼓這東西了？」

「上次嫂子說，咱們家過元宵，大哥會紮兔子燈給大姊和嫂子。如今大哥不在了，我是這個家最大的男兒，自然要紮給大姊和嫂子。」陳熹抬頭，笑著看張氏。「阿娘，我和三郎會挑起這個家，照顧妳們。」

這番話讓張氏眼睛紅了起來，摸了摸陳熹的頭。「你這孩子……」

「二郎，我和你嫂子都已經這個年紀了，哪裡還要這種小孩子玩的東西。」陳月娘也捨不得陳熹受傷。

「應個景嘛。」陳熹回答，不經意地看向莊蕾。

陳月娘見狀，想說什麼，又閉上了嘴。

吃過飯，莊蕾收拾了客堂的八仙桌，陳熹把兔子燈的骨架和輪子搬上來，又拿了紙。

「嫂子，妳幫我調些漿糊。」

莊蕾調好漿糊給他，回了廚房，想跟張氏一起做元宵。

張氏正在和糯米粉，陳月娘已經洗完了碗，對莊蕾說：「妳去跟二郎他們糊兔子燈吧。才幾顆元宵，需要咱們母女三個做嗎？好好去玩，過了明天，妳又要忙了。」

莊蕾想想也是，一家五口吃的小點心，哪裡用得著三個人做。

「那我出去了。」

「去吧。」張氏笑著對她道。

第五十二章　疑實

看莊蕾走出去，陳月娘開了口。「娘，跟您說件事。」

「什麼？」

「這次我不是跟著花兒一起去淮州嗎？我看聞家少爺對咱們花兒有心思。」

張氏抬頭看了看陳月娘，陳月娘說：「他什麼事情都讓著花兒，護著她。」

「聞少爺是個好孩子，我看他平日也穩妥，花兒指使他做事情，就沒有二話的。只是，妳哥才去世半年，若花兒這時就改嫁，我心裡多少過不去，總覺得虧欠了大郎。可她若因此錯過這麼好的人家，我心裡更是過不去，豈不是耽誤了她？」

張氏說這些話時，神情有些落寞。

陳月娘道：「阿娘，您先聽我把話說完。我看出來了，聞先生肯定也喜歡咱們花兒，但聞老太太不喜歡。」

「啊？她不喜歡咱們花兒什麼？」張氏一直覺得，自家的兒媳婦是千般萬般好。

「左不過覺得她是寡婦，配不上他們家的長子嫡孫吧。」陳月娘回憶道：「那日逛街，您不是要花兒殷勤些嗎？花兒就幫聞少爺的弟弟買了好些吃的，聞老太太便不高興了，當場發作。若非花兒大大方方不計較，還真是下不了臺。」

「是她不知道咱們花兒的好。花兒的本事，不是我說，聞家家境雖比咱們家好，但聞家大少爺長得很一般，臉四四方方的，真配不上咱們花兒。別說是小溝村了，就是整個遂縣同年紀的姑娘裡，有哪個比花兒好看，比花兒能幹的？」

原本張氏覺得聞家是好人家，可一聽莊蕾被嫌棄，心裡是百般不高興，覺得聞家也沒什麼好了。

陳月娘繼續說：「就算聞少爺喜歡花兒，想娶她，進了那個家，如果婆婆也不喜歡花兒，瞧不起她呢？她有娘家人撐腰嗎？」

「不是還有咱們嗎？」張氏說道：「咱們可不就是花兒的娘家人。」

「二郎能上門嗎？前小叔替前嫂子撐腰？」陳月娘搓了元宵，放在竹匾裡。

「也是。」張氏煩惱起來了。

陳月娘見狀，這才說出自己的心意。「花兒有了寡婦身分，注定是嫁不好的。娘，您不覺得，其實花兒留在我們家裡，也挺好的？」

「那是自然，咱們家就是花兒的家，我就是把她當女兒的。可是，我也捨不得這孩子一輩子守寡，畢竟往後的日子還長。」

「娘，剛才花兒幫二郎挑刺時，您就沒一點點其他的心思？」陳月娘對張氏擠眉弄眼。

張氏抬頭，驚訝地看著陳月娘。

陳月娘把豬肉餡兒塞進元宵裡，邊捏邊說：「您不覺得，他們兩個很登對？」

張氏回憶起方才的一幕，兩個孩子坐在矮凳上，莊蕾的手捏著陳熹的手指，臉上掛著淺淺的笑，陳熹專注地看著她。

「叔就嫂的名聲是不太好聽，但也不是沒有。」陳月娘笑著說：「花兒看上去好說話，可別人真惹到她，她是什麼都做得出來的。要是遇上像李婆子那樣的婆婆，她那個脾氣定然鬧得雞飛狗跳，家裡未必安穩。

「而您呢？咱們母女最是相像，吃虧了便忍在肚子裡，能耐一天就耐一天，又是沒什麼大主意的。以後二郎跟三郎娶了媳婦，媳婦有個不是，您也不會說，定然受委屈。如果花兒做了二郎的媳婦，那就不一樣了，她肯定護著您，您待她就像自家女兒，壓根兒不會起爭執，一家和睦。」

張氏張開了嘴巴又合上，合了又張開。「妳想的倒是好，但如今花兒也很有主意，二郎又不糊塗，哪會是我說什麼就是什麼？」

「您只要說，願不願意讓花兒嫁給二郎？」陳月娘問她。

張氏想了想。「我自然是願意的，可兩個孩子未必願意。」

「那就行了。以後，咱們睜一隻眼、閉一隻眼。您看見他們吵吵鬧鬧，或親暱些，也別見怪，隨他們去就是了。天長日久，生出了情分，便水到渠成。」

張氏看肉餡兒的元宵已經包完了，拿了棗泥餡兒過來。「不行，他們年紀漸漸大了，到底頂著小叔子和嫂子的名分，萬一做出有傷風化的事，豈不是大家都難看。即便心裡希望他們能在一起，也不能壞了規矩。」

陳月娘安撫張氏。「娘，花兒是那種糊塗人嗎？只要您不提幫她找人家的事，二郎這個年紀也要讀書，讓他們慢慢來。等爹跟哥哥的孝期過了，再捅破窗戶紙，不就剛剛好了？」

張氏點點頭，覺得陳月娘說得有道理。「他們倆不著急，妳的心思也可以活絡些，沒必要一輩子就這樣過了。」

陳月娘失笑。「娘，還是先守過孝期再說，真不著急。」

客堂裡，莊蕾已經跟陳照和陳熹一起把兔子燈糊上了紙。

陳熹拿筆墨來，幫兔子畫上眼睛，又在兔子身上畫了一株蘭花。

「嫂子，另外一邊妳來畫。」他把筆遞給莊蕾。

莊蕾接過筆，陳熹畫了蘭花，那她該畫什麼？落筆勾勒幾下，枝條蒼勁，梅花嬌豔，畫了寒梅吐蕊。

她畫完，見陳熹要接過筆，繼續畫另外一盞，忙把燈搶過來。「淨畫梅蘭竹菊多沒意思，跟個小老頭似的。我來！」幾筆下去，一隻雄糾糾、氣昂昂的大公雞出現在兔子燈側面。

陳熹輕笑一聲。「我知道了。」接過筆，在另一面畫了一條黑白的小花狗，憨態可掬。

「對嘛！咱們是鄉下人，這樣畫才有趣。」莊蕾把兩盞兔子燈並排著放在太陽底下，晾乾上面的漿糊和墨漬。

晚上，一家子吃過元宵，今年新喪不放煙花爆竹，卻可以去看看街坊鄰居放煙花。

陳熹點上兔子燈，把燈遞給陳月娘。

陳月娘說：「我都這個歲數了，還拿這個像什麼？」

陳熹聽了，便想把燈遞給陳照。

陳照手裡正在剝花生吃，忙擺手。「哥，你自己拿著吧。」

陳熹沒了辦法，只能自己提了一盞，莊蕾提一盞。

夜色下，有孩子的人家放著煙花，噼哩啪啦的聲音響起，天上便出現璀璨的火光。

他轉頭，張氏正溫柔地看著他，莊蕾從手裡拿出糖果分給一旁的孩子，心想以後歲歲年年都要這樣過才好。

京城之內，謝福緊趕慢趕，在正月二十回了府裡。

前陣子，安南侯接到陳熹的書信，很是吃驚。

陳熹生的是什麼病，他是最清楚的，他問過秦院判，這種毒很難解，會跟肺癆一樣，耗盡人的陰陽之氣，才讓人死去。能解這種毒的人，太醫院裡數不出一隻手來。比解毒更難的，是要認出這是毒，而不是肺癆。

這小子居然能活下來？一個小小遂縣裡居然有識毒、解毒的高手，難道太醫院的人都是吃乾飯的？

而陳熹這封信是託蘇家人送來的，就更讓人費解。蘇家五姑娘在遂縣沒錯，但跟小鄉村裡的農戶有什麼關係？

安南侯越想越不對勁，原本這種小魚爛蝦根本不值一提，此時卻讓他警覺起來，派了謝福親自去遂縣看看。

「見過侯爺。」謝福向安南侯磕頭行禮。

安南侯手裡拿著兩顆核桃盤著。「怎麼現在才回來？」

「侯爺，發生的事實在太多了，小的一路換馬趕回來。遂縣那裡，已經天翻地覆了。」

「起來回話。」

謝福站起身，彎著腰說：「陳家人不僅攀上了蘇家，還跟當地的富紳黃家成了至交好友，甚至跟太醫院周院判的愛徒許太醫關係匪淺。最最重要的是，他們還救了淮南王世子。去淮州時，竟住在淮南王府。」

安南侯放下手裡的核桃，敲著桌子。看似鎮定，但呼吸已然加快。

陳家是有兩個錢，可那兩個錢在他們這種豪門大戶眼裡，是九牛一毛。當家的男人死了，大兒子死了，送回去的二兒子還生了那樣重的病，根本沒有機會翻身，現在卻攀上這麼多的豪門，連淮南王都攀上了？

謝福一臉無奈。「陳家人搬進城裡，陳大郎的童養媳拜在遂縣一家藥堂老闆的門下為徒，來來往往的病患說，她的醫術很高明，明明才學不久，卻治好了不少人。

「蘇家五姑娘難產，是那個小寡婦救回來的；蘇老夫人背疽發作，許太醫束手無策，是小寡婦師徒救了她。所以，蘇老夫人感激她，才替她傳信。」

「跟淮南王呢？」

「年三十，淮南王世子得了腸癰，許太醫推薦他們醫治，沒想到也治好了。」

謝福說完陳家的事情，道：「侯爺，陳家的小寡婦已經成了氣候，原本您吩咐我這次除掉這一家，卻是不好動手了。若小寡婦有個萬一，蘇家和淮南王府定會起疑。陳家二郎現在整日跟黃家大少爺混在一起，也沒有辦法下手。我想著，沒必要為了這幾個無足輕重的人累及侯爺，便沒有動手了。」

「你沒有動手是對的。他們是否已經懷疑到我們這裡？」

「應該沒有。李春生患了花柳，要叫小寡婦去治，小寡婦不肯，李春生就說，陳家父子不是他害死的。小寡婦回嘴，說李春生也不是她害死的，是他自己染了花柳病，話裡話外都在怪李春生當初見死不救，好似完全沒有去想陳家父子的死是不是另有隱情。」

「所以，她不知道陳家父子的死因？」安南侯問。

謝福搖了搖頭。「應該不知。侯爺，遂縣那裡該怎麼辦？」

「那個李春生解決了嗎？他已經沒用了，留著就是個禍害。」安南侯不疾不徐地說。

謝福彎腰。「小的看陳家小寡婦在對付他，而且上次離開時給他吃過藥了，剛好可以用花柳病掩蓋。」

「那小寡婦是怎麼對付李家的？」安南侯問道。

「按理說，李春生從他相好那裡染上花柳，跟小寡婦沒什麼關係。只是小寡婦藉著可憐的理由，把那女人的病治好了。自從陳月娘的嫁妝被討回之後，李家幾乎一貧如洗，醫治花柳病要幾百兩銀子，李家自然看不起，只能找了個野郎中幫李春生看，而那個野郎中居然從小寡婦那裡打探到了青橘飲的配方。」

「那個方子有用嗎？」

「看起來有點用，這也是小的疑惑的地方。按理說，青橘飲這種可以治癰疽的秘方，怎麼會隨便傳出來呢？但在李春生身上起了作用，又不能說是假的。」

「要防著他們跟陳家人往來。之前陳家人在我們眼裡跟死了沒區別，但是現在不一樣了，此時對付陳家吃力不討好，還會引來蘇家和淮南王的猜疑。若青橘飲真治好了李春生，那就是麻煩了。你再跑一趟，親手把他處理掉。」

安南侯原本的盤算是，陳家兩個當家的男子死了，李春生又是個混帳，弄死陳月娘也是早晚的事，一家子還會被陳熹拖累。幾重打擊之下，陳家覆滅是不費吹灰之力，像捏死一隻螞蟻那麼簡單。

但是，小半年沒去費心思看，只剩一家子老弱婦孺的陳家居然死灰復燃，而且燒成了熊熊烈火。

「是，小的馬上再去。」

「慢著。」安南侯拿起核桃，靠在椅背上，用陰冷的目光看著謝福。「你安排一下，我帶著弘益一起回去看望他的養母。」

「侯爺？」

謝福沒想到，自家主子竟願意不遠千里去遂縣。

第五十三章　陳皮

謝福出去後，安南侯坐在書房裡捏著眉心，呼出一口長氣。一件簡單的事情，怎麼變得如此複雜？

之前，他還能對自己說，弘益才剛回來，需要給弘益時間。可陳熹回去，看起來已經完全習慣陳家的生活。而弘益回來這麼久，連一聲爹都沒有叫過。

安南侯聽到外頭急切的腳步聲，坐直了身體，見謝弘益從外面走進來，臉上揚起慈愛的微笑。

「弘益，怎麼沒有去上學？」

陳熹至今仍無法接受他是謝家嫡子的事實，也不習慣京城的生活。得知養父和哥哥淹死的消息，在來京城的路上吵了一路，擔心養母和兩個姊姊。

進了規矩森嚴的侯府，他一個鄉下來的野小子，有時連手都不知道該怎麼擺。

他們說，他不是被抱錯，而是陳家夫婦有意調包，為了能讓自己的親生兒子過上富貴的生活。

他不信，怎麼可能？他爹那麼能幹，他娘那麼溫柔，哥哥勤懇老實，比起那個臉上雖然帶著笑容，但讓人看了發怵的侯爺，和那個對他算是不錯，卻動不動讓那些丫鬟跪在院子裡的夫人，不知好了多少倍。

陳熹看著安南侯，有些緊張，鼓起勇氣問：「你要帶我回遂縣？」

「你不是一直吵著要回去嗎？一起去看看如何？」安南侯問陳熹。

陳熹問他。「那日我爹和我哥死了，你為什麼不讓我去送他們，現在才想帶我回去？」

安南侯以為他會很開心，沒想到是這樣冷淡的回答。從陳家回來，他高了，卻也瘦了，臉頰上的肉不若初見那般豐潤，眼神也不似那時候的活潑靈動，幽深得很。

「你不想回去？」

「想。」陳熹想知道為什麼，但看著安南侯不帶笑容的臉，問不下去了，吶吶地說：「那我去準備準備。」

遂縣這裡，過完年壽安堂開張，莊蕾越發忙碌。

幸好，陳熹很能幹，幫黃成業一起把倉庫改造弄得有模有樣。他涉獵廣泛，還能指揮起工匠。

黃成業看自己總算辦成一、兩件事，心裡別提多高興了，被黃老太太誇兩句，更是開心得飛上天，到處跟人炫耀。

莊蕾恨不得一腳踢飛他。她要看診，他就這麼坐在她旁邊發瘋，合適嗎？

另一邊，陳熹去羅先生那裡聊了一會兒，說定他和陳照上學的日子，路過壽安堂，發現黃成業坐在莊蕾旁邊說話。

不知道是不是病人多了，還是被那個混帳糾纏得煩了，莊蕾的表情好生無奈。

陳熹走進壽安堂，到莊蕾的診桌前，拍了拍黃成業的肩膀。「成業兄，你在做什麼？」

「我等花兒看完診，然後跟她說說藥廠的情況。」

「來來，去我家，咱們聊聊。等我嫂子看完病人，咱們再一起商議，成不？」

黃成業被陳熹帶走，莊蕾的耳朵才清靜了些。

已經到了中午，剩下的就是幾個得了傳染病來複診的病人。

馮屠子夫妻第一個上來，莊蕾看著馮屠子的臉，臉上的紅瘡結痂，嘴巴裡的潰瘍也開始收了。

聞海宇帶他進去檢查，其他地方的症狀果然都消退下去。

莊蕾抬頭說：「繼續吃半個月青橘飲和湯藥。」

馮嫂子低下頭問莊蕾。「莊娘子，聽說青橘飲是橘子皮做的，可是真的？」

莊蕾看著她。「誰跟妳說的？不是！不要讓妳男人亂吃，萬一惡化了更難治，那時我可管不著。」

「妳認識李家村的李春生嗎？」

「當然知道。怎麼了？」

「他的花柳已經開始退下去了，說是吃了吳郎中的青橘飲。」馮嫂子說道。

莊蕾冷著臉。「妳要是想找吳郎中治，以後就不要來了。我再說一遍，青橘飲不是橘子皮做的，別拿自己的性命開玩笑。」

馮嫂子站起來陪笑。「您說不是，那就不是。反正吳郎中那裡也不便宜，不如吃您這裡的，好歹正宗些。」

這是信了壽安堂的招牌，而不是完全相信她，但這樣也不錯。

莊蕾不理會馮嫂子的小心思，點點頭。「反正，妳千萬記住，不要亂吃其他人的藥。」

不久後，遂縣傳起謠言，說壽安堂治療癰疽和花柳的神藥青橘飲，是用橘皮做的。開春時哪裡有橘子？很多人湧進壽安堂買陳皮，說是要治肺癆。

遂縣陳皮大賣，附近的縣城和淮州的陳皮也大賣了。陳皮可以治療肺癆的傳言甚囂塵上，一發不可收拾。

這下，壽安堂不單賣陳皮了，必須看了病，根據病情配在方子裡才行。結果，傳來傳去變成壽安堂不賣陳皮，陳皮可以治療肺癆和花柳，但壽安堂不肯說，想賺黑心錢。

見李春生的症狀開始消退，吳郎中發現新的商機，囤積了一大堆剛曬乾的新鮮橘皮。

賣橘子皮比榨橘皮油簡單多了，別看一斤橘皮只能賣一兩銀子，卻比費心費力製作的橘皮油利潤豐厚。後來，他又去附近縣城收了不少橘皮，賺了不少錢。等春天各家橘皮都賣完了，他還能掙一把。

於是，壽安堂門口貼了布告，莊蕾站在門口解釋，說陳皮可以理氣健脾、燥濕化痰，對部分肺疾有用，但對癰疽和花柳無用，請大家不要上當。

孰料，此舉竟是越描越黑，陳皮竟成了遂縣乃至整個淮州的家常必備萬能神藥。畢竟，壽安堂的青橘飲裡，也是有一股橘子皮的清香啊。

這齣鬧劇，連黃老太太都看不下去了。黃家上上下下原本泡枸杞的人，現在都改泡陳皮了，便叫人來請聞先生和莊蕾過去。

莊蕾以為黃老太太是想退出，生意沒得做了，黃老太太卻開口問：「花兒，咱們家裡的幾座山頭，要不要都種上橘子樹啊？」

莊蕾一聽，差點一頭撞在牆上。黃老太太好歹也算是富豪，怎麼會提這麼個建議？

「如今妳把成業帶得很好，他做事也勤懇了。我相信妳，只是我怕你們到時候收不到那麼多橘子皮，要不要自己種一些？」

「種了幹麼？老太太要跟我一起賣口脂嗎？」莊蕾問她。

黃老太太一頭霧水。「什麼口脂？」

「您沒發現，我送給您的口脂裡有股橘子味兒？」

黃老太太讓身邊的嬤嬤拿了口脂過來，挑出一點放在鼻下聞了聞。「這是？」

莊蕾笑了笑。「從橘皮萃取的油，是用來調製口脂香味的。那時吳郎中看見我在做這個，以為是青橘飲的方子，所以照著去做。後來我想，要不青橘飲裡也加點橘子香味，就名副其實了。」

黃老太太愣了一下，才恍然大悟。「所以，妳是故意的？哪怕此時站出來說陳皮沒效果，大家也不會信。那李家六郎的病是怎麼回事？」

「花柳病發作過一陣之後，會退下去，然後再次發作。」莊蕾說：「不用多少日子，李春生還要受罪的。」

黃老太太接話。「等李家六郎發作，就可以破了謊言。下回再有人說做出青橘飲，也沒人信了。」

「對，哪怕是一模一樣的方子，病人也只會認壽安堂出的。」莊蕾笑著回答。「青橘飲的藥方肯定要傳出去，但壽安堂的青橘飲，必須是最正宗的。」

黃老太太拍手。「小丫頭，如果妳做生意，肯定做得比我更大。」

莊蕾搖頭。「我還是最適合當郎中。」

一會兒後，莊蕾和聞先生離開黃家，黃老太太依然心情暢快。

只要黃成業跟在這個丫頭後面，一輩子定能吃喝不愁，她就是死了也能閉眼了。

十幾天之後，李春生再度發作。這回很是厲害，渾身骨頭痠疼，臉上跟身上潰爛，趕緊叫吳郎中過來看。

哪怕李婆子把吳郎中的祖宗十八代全罵遍了，吳郎中也束手無策。

幾天之後，李春生躺在床上，叫喚的聲音越來越小，今日早上牙床骨僵硬，得撬開嘴巴，才能餵兩口水進去。

「怎麼辦啊？」李婆子大哭。「你不是說這是青橘飲嗎？你不是說沒事了嗎？你看看人家江玉蘭，到現在還好好的。」

吳郎中推託道：「我是看人家怎麼做，有樣學樣的。壽安堂的青橘飲興許是添了其他東西。妳家六郎的病，我治不了。」

「你要錢的時候，可沒說治不了。現在這麼說，叫我們怎麼辦？」

「治不了就是治不了，要麼妳準備後事，要麼妳去找壽安堂的莊娘子。告辭！」

吳郎中說完，逃也似的跑了。

只剩下一口氣的李春生怎麼也沒想明白，為什麼他年紀輕輕就要沒命了？為什麼一躺在床上，就不行了？

他什麼都想，又什麼都想不清楚，後悔為什麼自己不好好過日子，為什麼要去跟江玉蘭鬼混？為什麼江玉蘭還活著？他恨！

李春生喉嚨裡發著聲音，滿臉爛肉，很是猙獰。

李婆子湊過去，聽他說了句。「江玉蘭……害我……」

一提起江玉蘭，李婆子更是恨到心底，如果不是這個女人染了髒病，怎麼會傳給她兒子？現在她兒子要死了，她卻還好好活著，憑什麼？

李婆子立時衝出去，卻見江玉蘭家鎖了門，在外頭大吼。「江玉蘭！江玉蘭！」

王婆子牽著兩個孩子出來。「玉蘭去城裡做工，十天才回來一趟，妳就別吼了。」

「她去哪裡做工？」

「莊娘子介紹她去壽安堂，吃住也在那裡。」

李婆子回家，跟李老頭說：「我去城裡找江玉蘭。」

「妳去找她，有什麼用？」

「她害六郎染病，現在別想好過！我要去殺了她！」

李婆子往外衝，李老頭趕緊去追。

至於李家的幾個女兒，只有二女兒跟三女兒肯回來看看。其他幾個，被李婆子逼著拿了不少銀子出來，被夫家念叨不說，也怕來了染上髒病，更不願過來看一眼。

李婆子一路走、一路喘，花了一個多時辰趕到壽安堂。

「江玉蘭，妳這臭婆娘，給我出來！」

今天下午，莊蕾和聞先生出診。之前招的肺癆病人，其中有一個對青黴素過敏，不適合試藥。

聞先生看他家窮，而且才二十三歲，下面還有一個女兒，媳婦肚裡還有孩子。如果他死了，媳婦跟孩子可怎麼辦？動了惻隱之心，招他進來，讓他吃湯藥。哪怕莊蕾已經把黃連、蒲公英等具有抗菌效果的中藥用足，還用了人參、黃芪等補氣良藥，也是枉然。他的病太重，實在沒有辦法救。

如今，病人只剩下最後一口氣，但他家連碗都是缺個角的。他一走，從此留下孤兒寡母，該有多艱辛？

身為一個醫生，應該看淡生死，但莊蕾從來沒有練就這樣的本事。面對這種事，她還是不由鼻酸，想要落淚。

從那戶人家出來後，莊蕾很沮喪。若是能有更好的設備和技術，能提煉出更純淨的青黴素，也許病人就有救了。

聞先生看出莊蕾的沮喪，安慰她。「別難過，至少我們已經能救很多人了。」

莊蕾點頭。「爺爺，有兩件事情需要做。我們初次相見的時候，我曾經說過，肺癆有防範於未然的辦法，就是培養低毒的癆蟲……」

她想到了卡介苗。她要試試，就算花的時間長沒關係，反正她還年輕。

車子到了壽安堂，莊蕾收回思緒，下車卻看見李婆子正在跳腳罵人。

「江玉蘭，妳這不要臉的賤貨，給我出來！妳剋死了自己的男人，還要剋死我家六郎！妳這喪門星……」

江玉蘭不出來，李婆子的怒火便轉到莊蕾頭上，指著莊蕾罵道：「不要臉的小賤人，妳跟那個賤貨是同一種貨色，都是……」

「滾！」莊蕾還沒有從無法救回病患的沮喪中恢復，聽見李婆子惡毒的言語，心頭的火倏地冒起來，吼了一聲。

李婆子本就要找人吵架，看到她的反應，更是高興。

莊蕾見狀，冷笑一聲。

「笑話，妳罵我做什麼？我又沒替李春生治過病。你們不是找了人來治嗎？還說做出青橘飲，把他治好了嗎？那來這裡罵人做什麼？是不是李春生又發作了，而且這次的症狀比上次還要凶狠，快沒命了，所以妳才要過來鬧？」

即便是梅毒三期，發作時的狀況也不同，所以莊蕾不是依此判斷李春生快沒命了，而是依據書裡的時間點。

按照書裡的劇情，這時李春生早就沒命了。

第五十四章 跪求

張氏也聽見了李婆子的叫罵聲，趕緊跑過來。雖然她沒吵架的本事，但自家孩子，自己護著。

「妳憑什麼罵人？」

「你們都盼著我們家春生死是不是？你們也不得好死！」李婆子指著莊蕾吼道。

「我說過可以幫他治，但妳得歸還月娘的嫁妝銀子，得付治病的錢。妳不想付錢，要我白白醫治，這可能嗎？那天是妳自己跑了，怪我啊？」

這時，馮屠子夫妻來了，馮屠子看著坐在地上大聲哭叫的李婆子，問道：「這是？」

江玉蘭從裡面走出來，身上圍著純白的圍裙。莊蕾讓她在壽安堂做清洗、消毒手套跟衣物的活計。她原不想出來，但聽見李婆子在跟莊蕾對罵，心裡過意不去，便出來了。

李婆子看見江玉蘭，衝上前要打人，被壽安堂的夥計攔住。

莊蕾一把拉過江玉蘭，指著她的臉。「我說我能治，江玉蘭被治好了！」又指了指馮屠子。「我也能治好他。李春生要死了，那你們就去找原本能治的人，不要來這裡撒野。」

李婆子看著江玉蘭乾乾淨淨的樣子，和馮屠子也變得乾淨許多的臉。他們倆，一個把病染給她兒子，一個將她兒子打得臀骨斷掉。憑什麼他們都能活得好好的，她兒子卻性命不保？可見，莊花兒是真有本事。

如今，李婆子只能豁出老臉了，撲通跪在張氏面前。

「親家母，求求妳，看在李春生曾是月娘男人的分上，讓他嫂子救救他吧！李家兩代單傳，要是春生歿了，李家就絕後了啊。」

圍觀的人都被李婆子的無恥驚到了。方才她還在潑婦罵街，此刻卻哭得實在可憐。這變臉的本事，天底下有幾人能比？

「親家母，春生和月娘從小訂親，妳一定要救救春生。我們家就這麼一根獨苗，春生不能死啊……」

陳月娘聽不下去了，從裡面衝出來，指著李婆子。「妳怎麼有臉說這樣的話？我爹跟我哥是怎麼死的？我肚裡的孩子是怎麼沒有的？妳忘記了嗎?!」

莊蕾過去拖住陳月娘。「月娘，妳和娘都進去。」

李婆子拍著腿，大哭道：「要是今天不救我家六郎，我就一頭碰死在妳家門前！我也不活了。」

莊蕾啐了一口，這一招是她玩剩下的，也好意思來？

「妳一頭撞死，也沒辦法救妳兒子，已經錯過時機了。壽安堂的青橘飲能治花柳病的一期和二期，運氣好的話，三期還能賭一賭。上次你們來，我就說能幫妳兒子治，是妳嫌貴捨不得，去找別的郎中，吃了假藥。這次再發作，神仙也難救了。」

「我是郎中，不是神仙。妳耽誤了他最後的機會，還鬧得大家都以為陳皮能治花柳。誰跟妳說的？陳皮只能開胃消食，止咳化痰。」

李婆子滿臉鼻涕眼淚，收了聲，臉上紅了再白，白了再紅，而且一陣陣地抽搐。

「妳說的是真的？」

莊蕾無奈地說：「我說的真話，妳從來都不信。你們家有正路不走，總是要走歪路，這真是窮途末路了。李春生病在骨子裡，現在已經沒辦法跟閻王搶命了。妳不該走歪路的，妳知不知道，斷送李春生活命機會的，就是妳自己，為了省那幾個錢，最後害了妳兒子的性命。若妳想再試試，可以去淮州最出名的廣績堂碰碰運氣。」

之前李婆子曾有過小中風，但沒有及時治療。今天受了大刺激，臉上抽搐，這是卒中的先兆。焦慮和奔波之下，會促使卒中發作。

莊蕾介紹了廣績堂，救不了李春生的命，但可能會要了李婆子的命。

上次李家人來看病，沒幾個人看見。莊蕾不肯治的風聲，是李家人和吳郎中放出去的。現在，大家才恍然大悟，人家肯治，是他們自己要省錢，所以沒有治。

有人出了聲。「那廣績堂能治嗎？」

「廣績堂很有名，碰碰運氣吧。」莊蕾回答。

李婆子站了起來。「是我害了春生？」

「妳自己想，妳要是專心替他治病，不去想什麼歪門邪道，這病已經好了七、八成。妳捨不得那幾個錢，現在……」

莊蕾搖搖頭，指著馮屠子說：「我要幫他複診，妳走吧。李春生，我肯定救不了。」

這就是對照，一個是家人在那裡絕望痛哭，一個是已經快好了。

莊蕾走到壽安堂門口，見看客這麼多，沈下臉。

「今日我在這裡再說一遍，陳皮和橘子皮對花柳、對癰疽，根本不會有療效，青橘飲也不是橘子皮做的。若真的耽誤病情，大羅金仙也救不了。李春生就是最好的例子，你們不要被騙了。」

「唉，耽誤了！」

眾人看著李婆子邊哭邊走回去，看著她悲涼的神色，心裡一緊，不免對她同情兩分。

莊蕾斷然同情不了這家人，他們家的惡毒，實在罄竹難書，只能裝模作樣地嘆氣。

李婆子回到家，還沒進門，便聽見女兒的哭聲，趕緊衝進去。

李春生躺在床上，只剩下一口氣。

「走，咱們去淮州城試試，廣續堂或許能救他。」

其實，李婆子自己也不信，病成這個樣子的人還能救。只是到了這個時候，心裡仍抱著一絲希望。

「去淮州？」李家二女兒驚訝。

李婆子說：「莊花兒說，可以去廣績堂碰碰運氣。」

「娘，趕去淮州城也要大半天。再說，就算去了，今天也看不了。六郎看起來撐不到晚上了。」

李婆子最疼這個兒子，別人這麼說，她沒辦法，但自家女兒也說這種喪氣話，伸手便是一巴掌。

李家二女兒錯愕，沒想到這種時候會被自家老娘打。

「妳說什麼喪氣話呢？但凡春生還有一口氣，就得想辦法。」

「娘……」微弱的聲音從李春生的嘴裡傳出來。

到底是自己生出來的，李婆子也不怕髒，抓住李春生的手。「六郎，別洩氣，咱們再想想辦法。」

李春生搖搖頭。「不用了，我沒救了。能幫我叫月娘回來嗎？我想見她最後一面。」

剛才，他昏昏沈沈之間，隱隱約約作了一個夢。

他沒有生病，陳月娘也沒有走，還和他生了一個大胖小子，一家子和和美美。

他的人生，原本應該是這樣的。

李婆子聽見這話，很是為難。方才的情景，她看得明白，陳月娘恨透了李家，便摸著李春生斑駁的頭髮。

「六郎，她是不肯來了。」

「娘，我想見月娘……」
李婆子無法，搖搖晃晃起了身。正好李家二女婿趕牛車回來，載著她進了城。
今天是教藥膳的日子，莊蕾跟陳月娘正在講女人溫補用的花膠鳳爪湯。
小鋪子外面圍了很多人，一個嘶啞的聲音響起。「讓讓，讓讓。」
李婆子扒開人群過來，看見陳月娘便說：「跟我走。」就要去拉陳月娘。
陳照出來吼道：「妳這婆子，幹什麼呢？」
李婆子抹著眼淚吼回去。「她男人快死了，要見她最後一面！」
陳月娘看見李婆子逼近，有些害怕。
莊蕾護在她身前。「胡說什麼？月娘和李春生和離了，有和離書的。」對看客說道：「各位，看來今日沒辦法教藥膳了，等下我把方子寫好，貼在牆上，誰有興趣就過來抄方子，現在先散了吧。」
「一夜夫妻百日恩。月娘，好歹六郎也跟妳成婚了一年，求求妳去看他最後一眼。」
李婆子說著，哭哭啼啼地跪下。「月娘，我給妳跪下了。」
張氏走出來，想拉陳月娘進去。
李婆子叫道：「親家母，求求妳！」那樣子實在可憐，不明就裡的看客，總有同情她的。

莊蕾冷道：「我家小姑嫁過去，妳兒子三天兩頭打她；她懷著身子，李春生還把她按在河裡，是我公公和我男人用兩個人的性命換了她的命上來。妳現在哪裡來的臉說最後一面？就算李春生懊悔了，能換回我公公和我男人的命嗎？」

「莊娘子，也許人家只是想要跟陳娘子道歉。要不，妳讓陳娘子去吧？」

莊蕾轉頭看陳月娘。「妳要去嗎？」

陳月娘臉色慘白，搖搖頭。

莊蕾看向那個勸她的看客。「您不知道，咱們家月娘在李家過的是什麼日子。罷了，我隨這婆子去一趟。」

既然要去李家村，莊蕾打算先去壽安堂借兩個夥計。

正好，黃成業送陳熹回來，陳熹下車看到自家門前圍了一群人，問莊蕾。「嫂子，這是幹什麼？」

「李春生要死了，想見月娘最後一面。月娘怕了那個地方，就不要去了。我替她去看看，打算找兩個藥堂夥計一起走。」

黃成業道：「找什麼夥計？用我的車，帶我的人過去。」吩咐自己的家丁。「你們保護好莊娘子。」

這群家丁個個壯實，應道：「是！」

莊蕾對他點頭。「多謝。」
「嫂子，我陪妳去。」陳熹說道。
「行。」莊蕾上了車。
李婆子看著莊蕾。「六郎要見的是月娘。」
「妳要是覺得不行，那我們就不去了。」莊蕾沒打算跟她商量。
李婆子明白，此刻她已經沒了其他選擇。
莊蕾隔著車簾看見，李婆子腳步踉蹌，若非她女婿扶了一把，就真跌倒了。

馬車比牛車快，半個時辰便到了李家村。
黃家的豪華馬車吸引了村人的目光，看見莊蕾從車上下來。
這個小寡婦也是李家村的名人了，李家村的人都知道，她出現的地方必然有故事，紛紛過來看熱鬧。
她身邊的俊秀少年，是陳家那個被調包的兒子？
莊蕾走進李家之前，從藥箱裡拿出兩個口罩，遞給陳熹一個。「戴上。」又對黃家的家丁說：「幾位大哥先在外面等吧。」
「我娘跟月娘呢？」李春生的二姊走出來問。
「妳娘在後頭，月娘不會來了。」莊蕾回答。

「那妳來幹什麼？」

莊蕾挑眉。「聽聽李春生有什麼遺言要交代，轉達給月娘。」

李春生要死了，莊蕾這般輕鬆的模樣，讓李春生的二姊很不高興。

「妳是來看我們家笑話的？」

「那我就不看了。」莊蕾轉頭。

李春生的另一個姊姊連忙出來。「二姊等等，春生說想要見她。」

李春生的二姊這才讓莊蕾進去。

第五十五章　遺言

莊蕾和陳熹走進李春生的臥房，裡面味道濃重。

莊蕾站在李春生的床前，李春生艱難地問：「月娘……為什麼不來？」

「她為什麼要來？」莊蕾問。

李春生努力地呼吸。「我……想見她……」

「你有什麼臉見她？你把她推進後面那條河的時候，我公爹和大郎死了之後，你們之間還會存在一點點的情分嗎？」

莊蕾故意提及那條河，李春生果然睜開了眼睛。「妳……真以為……」

莊蕾聽了，看看李老頭和李春生的兩個姊姊。「你們都出去，我單獨跟他說兩句。」

「不行，怎麼能讓他單獨跟妳在一起。」

「笑話，他這樣子，我也不會動手弄死他。」莊蕾低頭看李春生。「李春生，有些話，你不想讓你爹和姊姊知道吧？」

李春生吐出兩個字。「出……去……」

李春生的姊姊和李老頭只得出去。莊蕾看向陳熹。「你也出去。」

陳熹無奈，往外走去。

等人全走了，莊蕾將門踢上，轉身過來。

李春生說：「他們……不是我害……」

聽他說話這麼吃力，莊蕾幫他接下去。「他們不是你殺的，但是有人讓你打陳月娘，然後引來我公爹，想要弄死我公爹。沒想到，父子倆都過來了，所以乾脆弄死兩個。所以，人不是你害的對嗎？」

李春生瞪大眼睛，他沒想到莊蕾會知道。

莊蕾呵呵一聲。「有人給你錢，你就做了這件事。你認為你不是主謀，以為還有機會求月娘原諒？

「李春生，你作夢！月娘憑什麼原諒你？一個把她不當人看，天天要打她的男人值得原諒？還是為了幾個錢，害死她親爹親哥的男人值得原諒？或者說，一個在她懷孕時拈花惹草染上花柳的男人值得原諒？你不過是後悔罷了。」

李春生扯開嘴，他的臉爛成那樣，笑容很是猙獰。「我死了，妳就……高興了……」

莊蕾戴上手套，伸手扣住李春生的手腕，脈象紊亂無比，卻跟陳熹生病時的有些類似。

「李春生，按照常理，花柳要兩年以後才進入第三期，第三期到死亡也需要三到五年。你才得病半年多，為什麼會發作成這樣？你自己想想，別人可請你吃過什麼？你拿了別人的錢，卻不知道，別人已經打算要你的命了。」

李春生喉嚨裡發出喀喀聲，臉因為驚恐而扭曲。

「我救江玉蘭，就是要讓你看著，把病傳給你的女人沒事，但是，你卻沒救了。我再告訴你一件事，你娘曾經得過小中風，今天她來來回回地跑，憂慮加上疲累，卒中很可能會真的發作。運氣好，你們母子會一同上路；運氣不好，她可能半身不遂。」

李春生聽了，使盡全身力氣，痛苦地叫了一聲。「啊！」

李春生的姊姊們和李老頭衝進來。

李春生用最後的力氣叫了一聲。「娘！」

李婆子剛到，尖叫著往房裡衝。「春生！」

李春生已經沒了力氣，看著李婆子在他眼前軟軟地倒了下去。

「娘！娘！」李春生的姊姊叫著李婆子。

李春生睜大眼睛，盯著莊蕾。

莊蕾看著他，面無表情。

李家一片混亂，莊蕾退出去，準備離開。

她剛上馬車，就被人叫住。

「莊花兒，能幫我娘看看嗎？她昏倒了。」李家二女兒道。

「可以。把妳娘抬到客堂間，那裡亮堂些，我好觀察，對醒腦通竅也有好處。」

李家二女兒夫妻立時去做，圍觀的人也擠到客堂間去。

李婆子口眼歪斜，莊蕾問她。「還能說話嗎？」

李婆子從喉嚨發出啊啊啊的聲音。

「手腳能動嗎？」

「不能！剛才她跑回來，看見六郎嚥氣，著急之下倒在地上，現在手腳都不能動了，也說不出話。」李家三女兒說道。

莊蕾幫李婆子把脈，脈象弦滑而數，舌苔黃膩，舌頭捲縮，抬頭看著李家人。

「這個難治了，即便僥倖活命，腿腳也好不了，說話不索利，最好的結果是能拄著枴棍走兩步，極有可能是一輩子躺在床上。我先開個藥方，你們快去抓藥，然後我下針試試。」

圍觀的人聽了，都說：「莊娘子真是仁義。之前救江玉蘭，救人救到底，還讓江玉蘭去壽安堂幹活，如今還願意幫李婆子看病。」

莊蕾開好藥方，遞給李家二女兒。「去抓藥。」

二女兒把方子交給自己男人，二女婿卻把她拉到一邊去。

「妳弟弟死了，弟媳婦也和離了，妳娘的事，李家沒人能做主，咱們還需要跟其他幾個姊妹商量吧？他們已經欠了一屁股債，真要治下去，得花多少錢？

「還有，以後妳娘就真成了廢人，萬一屙屎屙尿都在床上，到時候其他人說是妳要治的，丟給妳照顧，妳一個人顧得了？」

「可是，若不治，我娘就真癱在床上了。」

「癱在床上，好歹還有妳幾個姊妹，不要讓她們說妳一個人做主，到時候甩手才好。妳進去跟他們商量一下再說吧。」

兩人說完，就走了進去，跟李老頭和其他人商量了。

莊蕾見狀，神色冰冷地看了李婆子一眼。

李婆子嘴裡發出嗚咽聲，被她看得心頭發冷，又說不出話來。盼著女兒快過來，但等了很久，都沒人來。

莊蕾站在客堂間，大聲提醒道：「這個毛病再不治，就耽誤了。你們要不要治？」

李婆子嗚嗚叫著，手腳不能動，神志卻是清醒的。如果不治，難道她就要一輩子癱在床上了？

一會兒後，李婆子的兩個女兒走出來道：「我娘的病，還需要跟其他姊妹商量。妳先回去吧，以後找妳治。」

「卒中不是一般毛病，一炷香的工夫就天差地別。我一走，她就沒救了。」

李婆子啊啊啊叫著，眼淚落下來。

莊蕾蹲下身體，對她說：「看起來，妳的女兒們也不想幫妳治了。可憐啊，你們家要是好好待月娘，好好過日子，李春生不會死，妳的孫子也該出世了，妳也不會倒下。就算妳變成這樣，月娘的脾氣，妳知道的，也定然願意伺候妳。」

莊蕾說完，搖著頭，起身出了門。

上了車，陳熹問莊蕾。「嫂子幫李婆子治病了嗎？」

「沒有。她的幾個女兒都不出來，大概是因為李春生的病已經欠了那麼多錢，這會兒捨不得再花了。要是抓緊機會，以後說不清還能撐著起來，可惜了啊。」

莊蕾嘆息。這些話，是說給圍觀的人聽的。

馬車駛動，她撩起簾子，回頭看了李家一眼。跟李家的恩怨，就以李春生的死和李婆子的癱瘓了結吧。

陳熹輕聲問她。「嫂子，妳問過了嗎？阿爹和大哥是不是被害死的？」

莊蕾點點頭。「是。我幫李春生把脈時，發現他的脈象中隱約有你當初生病的樣子，有藥在毀壞他的身體。我猜，毒害你們的路數相似，但李春生中的毒更強。」

「謝景同就喜歡用這等手段。」陳熹捏緊了拳頭。

馬車在關城門前進了城，車子停在陳家門口，莊蕾下了車。

「姊！」一個熟悉的聲音傳來。

莊蕾轉過身，看見陳燾從後面的馬車上下來。

陳燾身邊有一個著錦衣華服的陌生男子，兩人眉眼間有些相似，一雙幽深眼睛，配上鷹勾鼻。

那就是陳熹的親生父親安南侯，剛剛他們提到的謝景同？

陳熹也看見了，莊蕾身後有一個他不認識的少年，眉目俊秀，臉上帶著淡淡的笑。這就是在西麓書院一直拿來跟他比較的謝弘顯？

「鄉下來的總歸是缺了點什麼，跟謝弘顯沒得比。」

「謝弘顯比他更像是高門嫡子。」

「他在鄉下待了那麼久，連舌頭都捋不直。」

那些人學著他說話，嘲笑他之後，又開始說謝弘顯是如何出色，如何優秀。

陳月娘從裡面出來，看見陳熹，驚訝地快步上前。「阿熹，你怎麼瘦成這樣了？」

莊蕾愕然，陳月娘不該在安南侯面前這麼說的。

前世今生，她看過的人不算少，安南侯的面相就是個器量狹窄之人。這種話，會落在他的心裡。

陳熹叫了一聲。「大姊！」

陳月娘抱住他，哭出聲。「阿熹，你怎麼現在才回來？」

莊蕾拍了拍陳月娘的肩膀。「快進去跟娘說，安南侯和安南侯世子來了。」

陳月娘擦了眼淚。「妳說得是。」

「姊！」陳熹叫莊蕾。

莊蕾退後一步，仔細看他。「瘦了。不過也高了，成小夥子了。」

陳羲一聽，眼淚又止不住地落下。

張氏出來，激動地叫道：「阿羲。」

「娘！」陳羲奔過去，撲到張氏身上。

張氏一把摟住他，哭了起來。

莊蕾不能阻止張氏去抱住陳羲，只能暗暗著急。

以前陳羲在家的時候天真爛漫，她一直覺得奇怪，陳家養出來的孩子個個心地善良，陳羲到底經歷了什麼，才會變得心狠手辣，最後權傾天下？

陳熹走過來，站在莊蕾身邊。

莊蕾側過頭，對他笑了笑，兩人一起走到安南侯面前。

「見過侯爺。」

安南侯看見自己的親兒子抱著張氏，哭得情真意切。而眼前這個，將近一年不見，看上去卻像是換了一個人，不由叫了一聲。

「弘顯。」

陳熹臉上掛著溫和笑容。「侯爺，如今我姓陳名熹。若您不介意，喚我一聲陳二郎。」

安南侯打量他，這幾個月下來，他身上長了肉，個子也高了。雖然只穿著素色夾襖，頭上是一根木簪子，渾身上下還是帶著一股清貴之氣，越發顯得出塵了。

皇帝至今還記得他，過年宮宴上還說：「猶記得前年謝家大郎小小年紀，一首詩便博得滿堂彩。」

他身邊的女子也著素色夾襖，下頭是一條布裙，但身姿窈窕，眉目如畫，淺淺一笑，嘴角還有笑靨。這個就是謝福嘴裡的小寡婦？

「二郎，請侯爺進家裡坐。」張氏又吩咐莊蕾。「花兒，妳進廚房幫阿燾添幾個菜。」抽出手絹幫陳燾擦眼淚。「你們應該還沒吃晚飯吧？」

「沒呢。」陳燾回答。

陳熹彎腰。「侯爺請。」

安南侯看他一眼，很是倨傲地往屋裡走。莊蕾和陳熹跟在後面，他們身後還有侯府的一干人等。

莊蕾輕聲問陳熹。「跟過來的人，要不要管飯？」

「不用管。妳要管也行，跟淮南王府一樣收錢就是。」陳熹說的雖然是悄悄話，但跟安南侯離得近，安南侯聽得見。

莊蕾瞥他一眼。「小財迷，安南侯府和淮南王府是一樣的嗎？那是養大你的地方，也是弘益如今的家。這點吃的，咱們家還貼得起。」

「明日還要開鋪子，如果招待他們的話，食材就不夠了。我看還是不要了，留侯爺和弘益吃飯就行。妳也沒那麼多工夫做菜不是？」

「京城侯府來客，會怎麼辦？」

「這個我不清楚，以前我沒管過。」
「那我聽你的，去炒兩個菜就是了。」
安南侯的目光看過來，莊蕾扯出一抹禮貌的笑，對他點點頭。
安南侯雖然心虛，但看著莊蕾這樣完全沒有芥蒂的笑容，心裡有了另外一番計較。

第五十六章　陳燾

張氏帶著陳燾和安南侯進了客堂，莊蕾對張氏說：「阿娘，你們先吃，我去添些菜。」

「姊，我想吃妳做的鹹菜麵疙瘩！」陳燾叫道。

雖然陳燾是書裡的主角，莊蕾還是他的後宮。但這時他看她的小眼神，整個人又瘦了一圈，那樣子卻是十分委屈。她也跟他相處了三年，原本一直拿他當親弟弟看待的。

莊蕾伸手揉了揉他的頭髮。「你們先吃，我去做菜，保證都是你喜歡吃的。」

「姊，我跟妳去。」陳燾想跟莊蕾去廚房。

「弘益兄，你還是留在這裡，跟阿娘和大姊多聊兩句，我去幫嫂子添柴。」陳熹過去，笑著對陳燾說道。

莊蕾點頭。「對啊，阿娘很久沒見你了，你陪阿娘和阿姊說話。等下我做好了，你只管吃就是。」

她說著，又看陳熹。「你也真是的，這麼久沒有見侯爺，當初你回來的時候是什麼樣子？侯爺定然也很是關心。去把我釀的米酒拿出來，那東西甘甜，你吃一點沒什麼，陪著侯爺喝兩口。」

陳燾看莊蕾對著陳熹這般親暱的說話，甚至比以前跟他相處時還要好，他真的是什麼都不如陳熹。心頭的酸楚泛上來，滿心難受。

莊蕾對陳照說：「三郎，跟我去廚房。」陳照以前是謝家下人，待在這裡定然拘謹，不如讓他幫自己打下手。

陳照果然很高興地跟在她身後。

鄉下沒什麼規矩，張氏也沒想著男女分席，道：「月娘去拿米酒，侯爺跟阿燾坐啊。」

陳熹在張氏身邊輕聲提醒。「阿娘，男女不同席，咱們要分開坐。」

張氏有些驚訝。「原來是這樣，那就分開。你陪著侯爺和阿燾，我去幫你嫂子。」

陳燾過去拉住張氏。「阿娘，還是以前那樣，我坐您身邊，咱們一起坐。」

張氏有些為難，陳燾說：「沒關係，您是我娘啊。」

這句話，讓安南侯微微瞇起了眼睛。

陳熹見狀，笑了聲。「侯爺，鄉下素來沒什麼規矩，既然弘益這麼說，您入鄉隨俗？」

安南侯也笑。「入鄉隨俗。」

眾人這才落坐，陳燾坐在張氏身旁。

陳月娘打來米酒，陳熹接過，幫安南侯倒了一碗。「侯爺嚐嚐我們這裡的米酒。」

張氏心裡高興，對安南侯感激道：「我以為見不到阿燾了，沒想到還能看見他。多謝侯爺帶他回來看看我。」

「阿娘。」陳熹笑著提醒她。「弘益兒是安南侯府的世子，您也該改口了。您也不叫我弘顯，只叫我二郎。」

張氏愣了一會兒，才想起莊蕾說的話，阿焘是侯府的長子嫡孫了。

「是啊，看我糊塗的。」

「阿娘，我永遠是您的阿焘，千萬別幫我改名。」

陳熹差點要扶額，陳焘顯然沒有想通裡面的道理。

莊蕾炸了一盤酥肉端出來，聽見這話，道：「不行，你和二郎的名字都要改。既然回了侯府，你就是侯府的嫡子，要繼承香火的。無論你跟阿娘或者跟我們有多好，都要記得自己是誰家子孫。你把阿娘當成養母或義母看待都可以，就是不能當成親娘，要懂是非。」

陳焘沒想到軟軟糯糯的莊蕾會變得這般嚴厲。「姊，妳的意思是，我從此沒了家嗎？」

「是講道理。侯府是你的家，你要明白自己的身分。以後咱們這裡跟你之間，如果侯府看得起，權當窮親戚來往；如果看不起，那就是沒關係。明白嗎？」

莊蕾用手捏了一塊酥肉塞進陳焘嘴裡。「情分和名分，等下我好好跟你說一說，不能混了。否則，以後咱們不能來往的啊。」說完便回去做菜了。

陳焘被莊蕾這麼一說，心裡難受，低下頭。

張氏挾了一塊魚給他。「你別介意，花兒自從大郎和……」停頓一下，改口道：「她爹走後，心性就變得堅強起來。沒辦法，她不堅強些，我們孤兒寡母的也過不下去。」

張氏反應過來了，陳熹卻又走在另一條道上。

「阿娘，那個時候我不該離開，不該讓姊扛著這個家。」

張氏溫柔地笑笑，也幫陳熹挾了塊酥肉。

陳熹看見，想起剛才他跟莊蕾一起說悄悄話的樣子，心裡很不是滋味。總覺得是陳熹偷走了他的娘，還有他的花兒姊。

陳熹側頭，對安南侯道：「這酥肉是我家嫂子的拿手菜，侯爺試試。」

安南侯打量陳熹，陳熹的神情如沐春風，沒有一絲怨懟，比在侯府時更為從容。

「之前收到你的信，看到你身體康復，我與夫人很是高興。」

陳熹又幫安南侯倒了一盞酒。「我就是想著，侯爺和夫人會記掛，便寫信過去。沒想到侯爺派了管家來，這次居然還親自來遂縣。」

同樣年紀的兩個男孩，陳熹看上去老成許多。安南侯不明白，陳熹到了陳家，為什麼可以這般自在，跟家人沒有一絲隔閡。

但謝弘益呢？

莊蕾端出水芹炒豆乾，放在桌上。

張氏招呼陳熹。「阿熹，京城應該吃不到這麼新鮮的水芹，是你喜歡的。」

陳熹看莊蕾轉身要去廚房，道：「嫂子，妳那裡好了沒？快過來吃。」

「還有一碗麵疙瘩，馬上就好。」

「姊，妳別忙了，過來吃吧。」陳燾看見陳熹關心莊蕾，覺得自己也不能落了人後。

「總要幫你做麵疙瘩的，等我一會兒。」莊蕾對著陳燾笑了笑。

莊蕾飛快做好了鹹菜麵疙瘩，盛起來。

陳照說：「嫂子，幫我留一碗，我在廚房吃就好。跟侯爺一桌，我……」

「三郎，他是侯爺，但來了咱們家就是客人。你是這個家的主人，是咱們家的小夥子，不能弄錯了，要給自己信心。走，你拿麵疙瘩，我端羊肉湯出去。」

陳照端著麵疙瘩，陳熹見他走得不穩，忙過去接。「怎麼盛得這麼滿，也不怕灑了。」

他把麵疙瘩放上桌，拍拍陳照的肩膀，讓陳照在他身邊的位置坐下。

接著，莊蕾上了風乾羊肉蘿蔔湯，陳燾叫起來。「姊，妳還記得？」

「怎麼不記得？去年你一個人喝了大半鍋。」莊蕾笑著說道。

莊蕾坐下，陳熹先盛了碗湯，遞給她。「嫂子，喝口湯。」

莊蕾這才察覺，陳熹今天對她格外殷勤，而陳燾正盯著她手裡的湯。

莊蕾問陳燾。「是哪道菜不好吃？」

陳燾落寞地低下頭。「不是。」

莊蕾感覺出陳燾的異樣，跟當初那個沒心沒肺的孩子有些不同。

陳熹幫陳照挾菜。「三郎，別一直扒拉碗裡的飯，吃塊肉。」

陳照抬頭叫了一聲。「謝謝哥。」

安南侯瞥了陳照一眼，陳照被他看得心裡發怵。

陳熹見狀，對安南侯說：「當日侯爺送我歸來，我已是病入膏肓，恐怕不久於人世。我想著，元喜純良溫和，他也無處可去，不如讓他當阿娘的養子，與我做兄弟，萬一我走了，也能有個男兒照顧陳家。現在我身體好了起來，過幾日便能與三郎一起去私塾讀書，實在是上天保佑。」

「難為你想得周全。」

莊蕾笑著說：「也是侯府教養得好，二郎脾氣跟秉性好，三郎踏實善良。若非有他們兩個，我們一家子真未必能撐下去。」

這話裡的讚揚聽上去是真情實意，但安南侯心裡有鬼，臉色雖然不顯，卻如同吃了隻蒼蠅般難受。

吃過晚飯，安南侯說要帶陳熹去客棧休息。

莊蕾笑了笑。「侯爺別著急，我看弘益擔心我們娘兒幾個，所以一直放不下，不能安心當侯府的小主子。我跟他聊兩句，您看可成？」

安南侯看著眼前的姑娘，她帶著淡淡笑意，滿臉溫柔，說的每一句話都合了他的心意。

「那就麻煩妳了。」

莊蕾對陳熹道：「借你的房間用用，你去跟三郎屋裡坐一會兒。」

「阿娘她們還要準備明日的食材，我過去給阿娘她們打下手。」

陳熹說著，跟在張氏身後，一起去了廚房。

陳燾看張氏對陳熹也是滿心滿眼的笑意，握緊了拳頭。

「弘益，你跟我來。」

莊蕾拍了拍正在看陳熹的陳燾，領著他進了陳熹的房間。

陳熹的房間乾淨整潔，裡面有張書桌，上面堆著幾本書，一旁有兩張用小楷寫的、略有塗改的文章。

陳燾看著上面的字，沒說話。

今天莊蕾看見陳燾的時候，發現他很不對勁。

按照書裡原本的發展，這時是張氏亡故，她茫然無措的時刻。陳燾是作為救星出現的。但從今天陳燾的表現來看，完全不像是意氣風發的樣子，反而有種非常抑鬱的感覺。雖然吃飯的時候，他跟張氏很是親密，看上去也有以往的活潑，但依然完全不對勁。

這會兒，陳燾又發愣了。

莊蕾順著他的眼光看去，拿起陳熹的文章。陳熹的字跡已頗有風骨，文章也緊扣主題。

陳燾記得莊蕾是不識字的，此刻卻看得有模有樣，彷彿真是看懂了，一時間有些驚奇。

莊蕾忽然出聲。「手伸過來。」

兩人在陳熹的書桌邊坐下，她給陳燾搭脈，發現他的身體有些虛，和從家裡出去之前截然不同。

「是不是身體哪裡不舒服？是不是平時都不能好好睡覺？阿燾，別瞞著我，有什麼話跟我說。若是在外面很難，咱們一起想辦法好不好？」

陳燾聽見莊蕾再次叫他阿燾，心情激動起來，落下眼淚。

莊蕾回憶書裡的情節。安南侯的庶子以為陳熹要死了，世子之位就會落到他頭上，沒想到陳熹是假的，陳燾才是真的。因此，剛從鄉下來的陳燾，在陌生的環境中，被庶出弟弟排擠了。庶出弟弟囂張，是因為陳熹從來沒被安南侯看在眼裡，只是頂了個名。

那小子聯合了書院裡的人欺負陳燾，但書裡的陳燾心性堅強，尤其將她接回去之後，就開始一步步收拾那些曾經欺負過他的人。

等等！也就是說，陳燾是看見陳家家破人亡之後，才開始發憤圖強的？這其實是黑化的過程！

陳燾用雙手捂住了臉，哭出聲來。

「姊，我睡不著！自從聽說阿爹和大哥出了事，我想回來，可是他不讓我回來。我聽不到你們的消息，整宿睡不著，我看著窗子，睜著眼睛想家。」

好吧，權傾天下的男主角現在還是一個小可憐，看起來已經有了憂鬱症的苗頭。

莊蕾揉著他的頭髮。「有沒有覺得自己很沒用？是不是有過輕生的念頭？」

陳熹抬起頭，淚眼迷蒙地看著她，點點頭。「姊，為什麼你們不要我了？」

「怎麼會不要你？你不知道，阿娘整日念叨你。我們以為你在侯府，又是他們好不容易找回去的親兒子，定然過得不錯。」

莊蕾握住陳熹的手，暗暗使了非常大的力氣。

陳熹抬眼看她，發現莊蕾的神情有異。

莊蕾使了一個眼色，眼角餘光瞥向外面，想試試陳熹是否能跟得上她的反應。

「他們對我還好，只是我沒辦法放心。爹和大哥歿了，妳、大姊和娘怎麼辦？還有，我聽說他快死了。我走了，阿娘又見自己的親兒子歿了，會怎麼樣？」

陳熹繼續哭，看起來沒有讀懂她的表情。

算了，他不過是個孩子，莊蕾也不巴望他能一下子理解。

這個安南侯真是王八羔子，從來沒有考慮過別人的感受，自說自話把孩子調包了，自說自話把孩子拖回去。拖回去的時候，連人都沒有出現。

以前，陳熹被他們家當成是養在魚缸裡的一條魚，平時養在角落，不想要了就殺。可陳熹不是他們想方設法保下來的親兒子嗎，如今怎麼也弄得這孩子心裡出了毛病？

莊蕾用柔和的語氣跟他說：「你走的那一天，爹和大郎歿了，月娘要尋死，娘一時沒了主張。我想著，你去了京城，應該沒什麼事，得先保住月娘。萬一月娘也走了，娘就撐不下去了。

「後來，二郎來了，身體卻跟紙糊的燈籠似的，一碰就碎。你說，如果還有一個兒子死在娘面前，娘會怎麼樣？」

陳燾低下頭。「娘肯定也活不下去。」

「是，那你這次回來，可能就只看見我。當然，我也可能被我爹賣給別人當妾了。」莊蕾繼續說：「當時的情況就是這麼差，但我想撐下來，保住這個家。老天保佑，二郎活下來了，他真的很堅強，他身上的病痛，不是你能想像的。他和你同一天出生，知道自己可能活不下來，便安排三郎給娘當養子，萬一他不行了，還能給娘一個活下去的希望。」

陳燾流著淚。「你們這麼難，我為什麼不在你們身邊？」

「傻孩子，不管怎麼樣，我們熬過去了，還可以幫你做一碗羹湯。你應該要慶幸，而不是傷心難過，對不對？」

「姊，我不想去京城，也不想做什麼侯府世子。他們說，爹娘貪慕侯府的富貴，才將親生兒子跟我調換過來。」陳燾擦了眼淚。「我才不信，我情願在鄉下過日子，只要待在你們身邊就好。」

「這件事情，已經沒有辦法了。你要知道，你是侯府血脈，這一點無法改變。還有，關於調包的事，爹也算是會過日子的人，而且為人爽直，心地善良，怎麼會去做這種事？所以，別人怎麼說，你不要在意，只要我們不信就行。現在知道我們沒事了，你心裡的疑慮也能盡消，以後慢慢地緩過來。」

「我不想走。京城裡的人，哪有我們自家的好？」陳熹又低下頭。「他們嘲笑我的口音，我做的每一件事都不知道是對還是錯，如履薄冰。」

在書裡，陳熹看見家已經散了，只能強迫自己長大；現在家還在，他就想得到這個家的溫暖和護佑，一如以前。

「哪個蠢貨學你的口音？誰笑話你了？」

陳熹說：「他們還總拿我跟他比。」

「跟二郎嗎？」莊蕾問他。

陳熹點點頭。「嗯，他們說我樣樣不如他，說他學什麼都快，我卻是什麼都不會。」

莊蕾拍了桌子。「你剛剛從鄉下過去，肯定需要一段時日習慣。你當初那個先生，不過是個屢試不中的秀才，京城書院裡的夫子一個個都是名師，你剛進去跟不上算什麼？哪個王八羔子取笑你，拿出拳頭揍他會不會？咱們在鄉下野慣了，就是抗揍，也能打不是？」

陳熹噗哧笑出聲。「姊，妳怎麼跟我想的一樣？我就是揍他，揍得他跪地求饒，背後說我可以，但不能讓我當面聽見。他們都怕我，可是我不開心。」

那本書是爽文，當然是以粗暴的手段解決。現在聽下來，其實這並沒有消除陳熹內心的不安。

「因為我也一樣啊。」莊蕾興致勃勃地說：「你知道我去幫月娘要和離書的時候，幹了什麼嗎？我……」

陳燾聽莊蕾眉飛色舞說著那一日的經歷，臉上綻開了笑容。

「姊，妳真這樣幹了？」

「是啊！怕什麼？她罵得出來，我接得下去。」莊蕾道：「今日你來之前，李春生死了，那個老虔婆也卒中，這一家子完了。你看，誰熬得過誰，誰就贏了。」

「你也是個明白人，知道現在不可能回來的，對吧？」莊蕾問他。「咱們在這裡過得挺好，你也不用擔心，是不是？你在京城，也不用管別人的閒言碎語，做好身為一個侯府世子該做的事就好。」

「可是，我真的不想離開你們。」陳燾說道。

門突然被推開了，安南侯笑著說：「弘益，這有何難？咱們可以把你義母和你嫂子都接到京城。他們在京城安了家，你不就能時時刻刻見到他們了？」

這不，在外邊等著呢！

第五十七章 為難

莊蕾恨不能給安南侯一個白眼。

去了京城，就是在他的眼皮子底下過活，以後陳熹三天兩頭過來找他們，以他那種狹窄的器量，他們還要不要活命了？

他根本是想把他們拉到京城，就近看管起來。

陳熹卻是一臉期待地看著莊蕾，叫了一聲。「姊！」

莊蕾沒有一口回絕。「要不，你們出來吧，我們去客堂商量商量。」

敲門聲響起，莊蕾看見陳熹站在門口，問道：「什麼事？」

陳熹道：「嫂子，榮嬤嬤來找妳。」

莊蕾出去，榮嬤嬤滿臉堆笑地喊她。「莊娘子。」看見安南侯從東廂房出來，上前福身。「奴婢見過侯爺。」

「榮嬤嬤，這麼晚了，怎麼還過來？」

榮嬤嬤笑得很是客氣。「下午來過了，說您出診，我就回去了。後來，我派了小廝過來探聽，聽說您這裡有客人，想著不便打擾，就沒過來。」

「嬤嬤也真是的，要我去的都是急事，有什麼不便打擾？」

「倒真不是急事。」

榮嬤嬤拉著莊蕾去旁邊，附在她耳邊說：「我家奶奶的表姊，老夫人的內姪女，自從生了第三胎之後，就一直遺溺。老夫人一到冬日就咳嗽，這位也是如此，所以苦不堪言。今日下午到了，想讓您去看看。」

壓力性尿失禁，是這個時代女人的隱痛，生孩子生多了，或者孩子過大，很容易導致子宮脫垂伴有壓力性尿失禁，不能笑，不能咳嗽，不能打噴嚏，否則就濕答答地漏出來，這是多麼痛苦的事。

莊蕾點頭。「什麼時候要我去？」

「明天您有空嗎？」

「上午看診，下午我過去？」

「行，我去回我們家奶奶和老夫人。」

榮嬤嬤對莊蕾行了禮，告辭回縣衙。

榮嬤嬤離開後，莊蕾發現安南侯在看她，便說：「侯爺，去客堂坐。」又側過頭吩咐陳熹。「請娘和月娘，還有三郎過來。」

到了客堂，莊蕾請安南侯上座，對張氏說：「娘，侯爺想讓我們一家子搬入京城，咱們說說各自的意思。」

張氏愣了。「好好的，怎麼就要去京城了？」

陳熹笑著說：「如今阿爹和大哥也不在了，你們搬過去，我好就近照顧你們。」

張氏笑了。「你有這個心，我很高興。可我們去京城，人生地不熟，也沒個營生。」

「不要擔心，侯府自然會安置你們一家。」安南侯笑得很和藹。

莊蕾對這張臉生不出半分好感，這分明是要把他們一家子弄到京城圈養起來。而且，看剛才陳熹那個樣子，他會放任陳熹跟陳家來往？

張氏搖頭。「侯爺是好心，不過不能這樣。所謂吃人的嘴軟，拿人的手短，若是靠著侯府的恩惠過活，這算什麼？我們又不是侯府的什麼人，不成不成。」

「阿娘！」陳熹叫道，雙手放在張氏膝蓋上，仰頭看著她。

莊蕾看了安南侯一眼，又看陳月娘。「月娘，妳說。」

陳月娘也搖頭。「我連遂縣都沒出過幾次，我聽阿娘的。」

「二郎，你呢？你之前住在京城，應該比較習慣，你願不願意？」

陳熹笑了一聲。「嫂子，京城固然好，可我當初是怎麼回來的，妳也知道。從安南侯府的嫡子變成鄉下小子，前前後後有多少探究的眼光？這般回去，我心裡到底是不願的。要回京城，也是春闈趕考，指望到時候金榜題名，光宗耀祖才是。」

「三郎呢？」

陳照一個勁兒地搖頭。「我在家伺候阿娘就好。」

莊蕾對陳熹說：「弘益，之前蘇老夫人曾經提議，想助我拜入周院判門下，並且讓二郎進西麓書院，被我回絕了。你知道為什麼嗎？」

「為什麼？」

「因為我有自己的打算，我想多在鄉間看診，多接觸常見的病。侯府可以安置陳家，但陳家不需要人養，我們有自己的事情要做，也有自己的志向、自己的打算。雖然這些志向跟侯府家業來比，簡單得可憐，也小得可憐，卻是我們自己選擇的。這叫匹夫不可奪志也。」

「姊，你們不能為了我嗎？」陳燾站起來說道。

張氏過去，抱住陳燾的頭。「傻孩子，固然我們有自己的緣故，可你想過嗎，若我們去了，你會夾在我們和侯府中間，越發依賴我們，不能跟侯爺與夫人好好相處，這樣可比不認回來還不好。現在你要想的，是怎麼跟自己的親爹親娘相處……」

陳燾聽見張氏的話，倏地站起來，推開了張氏，指著陳熹大聲吼叫。

「你們有了他，都不想要我了！說到底，你們已經不把我當成是親兒子跟親弟弟了！」

陳燾哭著往外衝，門口的侯府護衛沒攔住，竟被他跑了。

莊蕾追出去。「阿燾！」

夜色濃重，又是小縣城，外頭連燈籠都沒幾個。一旁又是巷子，陳燾隨便一鑽，就進了巷子裡，在夜色的掩護之下，沒了蹤影。

「嫂子，等等，我跟妳一起找。」陳熹叫住莊蕾，拿著燈籠出來。「大姊跟著三郎，阿娘在家等消息。」

張氏著急。「我也去找。」

莊蕾冷靜下來。「萬一阿燾自己回來了呢？娘，您在家裡等著。」

安南侯跟在一旁，莊蕾不喜歡他如毒蛇一樣的目光，轉頭說：「侯爺，咱們還是分開找吧。遂縣縣城不大，這會兒城門都關了，要不您往南，我們往北，月娘往東，您再分出人來往西？」

安南侯點頭。「也可。」說著，往南而去。

陳燾躲在一座城隍廟裡，將自己藏身在城隍老爺身後，一個人坐在地上嗚嗚的哭著。

這些日子裡，每一天都是煎熬，他盼望了這麼久才回到陳家，但陳家已經完全接納了那個陌生人，而他成了多餘的一個，他們已經不想要他了。

剛剛，他聽見外面有人在叫阿燾，但他不想回應。他們不是已經不要他了嗎？他是死是活，跟他們有什麼關係？

不管陳家還是謝家，他情願漂泊四方，也不願回去了。他多麼想回到當初，哥哥和爹還在的時候，他是一家子的寶貝，全家人都疼他。現在呢？花兒姊顯然更喜歡那個陳熹，大姊和阿娘也跟他生分了。

他到底做錯了什麼，他們才不要他？

陳熹咬住自己的手臂，手臂上的疼痛，讓他緩解心中半分的難受。
附近就那麼點大，陳熹和莊蕾已經全摸過了，看見城隍廟，便進來瞧瞧。
夜晚的城隍廟內有些陰森，莊蕾抬頭看見城隍老爺在燈火下的金色塑像，嚇得一抖。
「二郎！」
「我在。」陳熹看莊蕾發抖，伸手過去牽住她。他的身體還是有些虛，所以手心有些涼，但也讓莊蕾鎮定了些。
「阿燾去哪裡了？」莊蕾心焦地說道：「這麼黑，他在家的時候就怕黑。」
「嫂子，妳不該那麼心急地讓他一個人回京。我待了侯府那麼多年，那裡就是個冰窟窿。阿燾是陳家養大的孩子，哪會習慣那種地方？妳應該慢慢來的。」
莊蕾聽了，慢慢地蹲下身，抱住雙膝，聲音有了哭腔。
「我哪裡不知道？就是知道阿燾心裡難受，才要單獨跟他說話。可你也看到了，侯爺就在外面，我不勸他回去能怎麼辦？去京城陪他？難道還要把你搭進去嗎？爹和大郎哥哥是怎麼死的，你不清楚？」
「我知道。」
「讓他一個人去面對侯府那些事，對他這個年紀太為難了。可誰不難？二郎，我也很難！撐到今天，我真的很難，我日夜想著要讓你活下來，要讓月娘活下來，要讓阿娘活下來。在我的夢裡，你們都死了，只剩下我一個……」

自從陳熹來了陳家，就把這個小嫂子當成無所不能，其實她也不過是個剛及笄的小姑娘，比他大不了多少。

聽見她夢裡的那些景象，他覺得她是日有所思，夜有所夢。

看她這樣，他自然心疼，也跟著蹲下去，想伸手攬住她。但這樣不合規矩，便把手放在她背上，輕輕地拍著。

「嫂子，別難過，有什麼事，我跟妳一起扛著。最難的日子，咱們不是都過了嗎？」

陳燾躲在塑像背後。聽見莊蕾說起他爹和大哥的死，轉過頭，看見陳熹正拍著莊蕾的背，心裡的火氣一下子冒出來，站起身，不小心發出聲響。

夜裡寂靜，這動靜格外清楚。

陳熹心頭一驚，想著莫不是安南侯派人跟蹤他們？若是這樣，剛才說的話，恐怕已經被聽了去。

「誰？」

陳燾出現在他們面前。

陳熹站了起來。

莊蕾仰頭，陳熹要伸手拉起她，卻被陳燾一把打掉，自己去拉莊蕾。

「姊，妳告訴我，爹和大哥怎麼死的？」陳燾的臉上還有淚痕。

莊蕾吸了吸鼻子。「你不是也知道？他們是淹死的。」

陳燾一把扣住莊蕾的手，口氣十分凶悍。「妳為什麼不跟我說實話？」

在這樣的燈火之下，陳燾的臉有些扭曲。

陳熹過去扯陳燾，被陳燾吼了一聲。「走開！」還推了陳熹一把。

陳熹怒道：「你幹什麼？」

陳燾憤恨地掃了陳熹一眼，轉頭對莊蕾說：「我要知道實話。妳夢見家裡的人都死了，其實，妳也想過是嗎？」

「想過什麼？」莊蕾看陳燾。

陳燾咬牙切齒地問：「想過是不是他殺了大哥和爹！」

莊蕾立刻伸手捂住陳燾的嘴。

陳熹看了看四周。「妳跟阿燾聊聊，我出去守著。」

黑暗之中，莊蕾出了聲，說出她懷疑的事。

「大郎哥哥身上有瘀斑。他泅水的本事，你是知道的，不可能托大姊上來就喪命。阿爹身上也有瘀斑，所以當時我就懷疑，這不是一個意外，而是故意製造的事端。

「二郎回來的時候，病入膏肓，看上去像是肺癆，實為毒藥所傷。

「今天，李春生死了，死前他承認，有人給他錢，讓他引爹去救月娘。」

「竟然是真的。」陳燾咬牙。

「你怎麼會懷疑的？」莊蕾問他。
「夜深人靜，不能安眠的時候，我把事情掰開揉碎了想，有想到過。」
「我懷疑，安南侯為了你的安危，所以才調包孩子；他害死爹和大郎哥哥，是為了讓你回去之後，了無牽掛。他做的一切，都是為了你。」
「為了我，就能做出這種事？」陳燾的牙齒咬得咯咯作響。
莊蕾說：「阿燾，在他眼裡，我們這種人，不過是螻蟻。你知道我們活下來有多難，也該知道他讓我們去京城，究竟是善意，還是惡意？
「所以，我們不能去京城；所以，我費心結交蘇家和黃家，就是為了讓他想殺我們的時候，能夠有所顧忌。」
陳燾聽到這裡，久久不能出聲。「我要殺了他！」
「阿燾，在你羽翼豐滿之前，這些事情放進心裡，絕不能露出半分。更何況，他是你親爹。這種事情，你不要做了，留給我吧。」
「不，我是陳家的兒子，永遠都是。」
莊蕾摸著陳燾的臉，幫他擦去眼淚。
「阿燾，你是大郎的弟弟，也是我的弟弟，永遠都是。但是，你要記得，報仇很重要，我們好好地活下去也很重要。知道嗎？」
「姊。」陳燾哽咽。「我恨他！」

「有人來了。」陳熹低聲叫道。

莊蕾拉著陳燾出來。「走吧，我們回去找娘。」

陳燾搖了搖頭。

來人正是安南侯，他急匆匆地走過來問：「找到弘益了嗎？」

看著他焦急不似作假的樣子，陳熹輕笑一下。

「找到了。」

安南侯鬆了口氣，看見他身後的莊蕾和陳燾。

燈火之下，陳燾臉上還有淚痕。

安南侯一把抱住陳燾。「你這是要急死我了！」

陳燾想要推開安南侯，卻聽安南侯說：「誰說不要你的？你知道為了找回你，我花了多少心力？你怎麼能這樣？」

陳燾恨不能冷笑出聲。那些心力，是他想要的？他想要的，不過是父母安康，一家人平安喜樂。

如今，這些都沒有了。

許是陳燾許久沒有動，安南侯心中失望。對這個兒子，他真是有苦難言。當初的情況是多麼危急，否則他也不會將他換給陳家，如今卻與他沒了父子情分。

「侯爺，不如回去再說吧。」莊蕾勸道。

陳熹卻在這時開了口。「父親，那個地方已經不是我的家了，我們回京吧。」看了莊蕾一眼，轉過頭。

安南侯沒想到，等了這麼久，兒子都沒有叫他一聲父親，卻在這個時刻叫了。

他高興地說：「好，好，咱們去客棧，明天就回京。」

——未完，待續，請看文創風1161《娘子有醫手》3

2023年4月出版

起家靠長姊

文創風 1156~1158

一場變故讓她痛失父母，家裡只餘兩個弟弟及一對雙胞胎妹妹，
她身為長姊面對不明事理的祖父母、心狠奸險的叔叔嬸嬸，
即便還是個孩子，也得挺起身子拉拔弟妹，絕不教人看輕！

種地榨油開店搏翻身，
長姊攜弟養妹賺夫君／魯欣

從一個爹不親、娘不愛的家庭胎穿到何家，何貞本以為家裡雖苦了點，
但父親可靠、母親慈愛，兩個弟弟又聰明聽話，一家人好好過日子也不錯；
可一場變故讓他們父母雙亡，何家大房只留下三姊弟及早產的雙胞胎，
他們頓時成了二房不喜、三房不要的累贅，連祖父母也不上心……
看盡親人冷暖的她，在父母墳前立狠誓，定要把弟妹撫養成人！
幸好在叔叔、嬸嬸們的「幫襯」下，他們大房順勢分家自立，
只是自己也還是個孩子，大孩子養小孩子，要怎麼撐起一個家？

2023年3月出版

文創風 1148～1150

天才醫女有點黑

見她娘舉起石頭對著蹦蹦跳的雞下不了手，
她看得實在心焦，險些崩人設過去幫忙，
哥，你快回來呀！要裝一個斯文小姑娘太難了……

直率不掩藏，濃情自然長／荔枝拿鐵

穿越開局就是舉家被流放到遼東？這也太慘了吧……
所幸周瑜和哥哥一同穿來，手握兄妹倆能共用的空間外掛，
又有了上輩子求生的經驗，雖說得遮遮掩掩著魂穿的變化，
但兄妹攜手合作護著一家婦孺抵達遼東，也算是有驚無險。
然而並不是到達目的地就結束流放，而是得成為軍戶在邊疆開墾，
哥哥身為家裡唯一符合資格的男丁，自然就得入軍伍生活了。
所幸同是天涯淪落人，除了本就認識的親戚，村內的人皆好相與，
無須過於防備身邊人，他們一家如今就是得在哥哥報到前多存點錢。
於是她藉著醫藥知識與手弩，和哥哥在山上找尋好藥順道打獵，
卻意外救了被毒蛇咬傷的少年「常三郎」，自稱到遼東依親途中遭了難。
他看似個紈袴，還老是嘴賤喚她「黑丫頭」，可實際相與人倒是不壞，
就是懶散了點，總想靠親戚的銀兩接濟，這不行，不幹活就不給飯吃！
他瞪著柴垛抱怨：「妳居然讓病人揹柴？那麼多！妳想累死小爺啊？」
她嫣然一笑：「放心，我就是醫生，揹完這堆柴，只會讓你更健康！」

炮鳳烹龍，回味無窮／昭華

2023年4月出版

廚神大嫁光臨

生活改善了，安全也得顧上，畢竟家裡都是老弱婦孺，
於是她讓他有空時去找條狗崽子回來養著好看家護院，
結果他竟帶了條蛇回來，還說能長很大，比較有震懾力，
不是啊，不管牠能長多大，也沒人拿蛇來看家護院哪！
真讓小蛇長成巨蟒，誰還敢來她家？客人都得被嚇跑啊！

文創風 1151 **1**

許沁玉懵了，她剛拿下世界級廚神的冠軍，結果回酒店的路上就出了車禍，
睜開眼後，她竟來到了盛朝，成為流放西南的一個新婚小婦人！
說起這個原身，來頭還不小，是德昌侯府二房的嫡二姑娘，嫁的是四皇子，
但本來要嫁給四皇子裴危玄的不是原身，而是原身三房的嫡三妹妹，
可四皇子的親哥大皇子爭奪皇位失敗，新帝登基後就流放了他們一家，
三妹妹不願嫁去受罪，於是入宮勾著新帝下了紙詔書，讓原身代妹出嫁，
然後原身在流放時香消玉殞，她又穿成了原身，這番劇情操作她能不懵嗎？

文創風 1152 **2**

好吧，既來之則安之，許沁玉決定代替原身好好活下去，
既然她如今占了原身的身體，總該替人家盡盡孝道，
不過眼下最要緊的，還是得趕快想想辦法活著，
否則都不用等他們到達流放地，一家子就要餓死、病死在路上了，
幸好她擁有廚藝這項金手指，而且她的廚藝不是普通的好，
再加上這朝代的食物多是蒸煮出來的，炒還不盛行，炒菜的味道也很一般，
所以她靠著幫押送犯人的官兵們煮飯，成功換來自家的特殊待遇活下來啦！

文創風 1153 **3**

大家見許沁玉年紀小，覺得她頂多是個小廚娘罷了，大多不把她放在眼裡，
可身為廚神，在這美食沙漠的朝代，她就是綠洲般的存在，是神的等級啊！
她甚至不用出全力，只拿出兩三成的實力，就夠讓食客們讚不絕口了，
果然不論身處什麼地方，有一技在身就不怕餓死，
食肆、酒樓、飯莊，她的店鋪一家家地開，還越開越大間，
珍饈美食一道道地端出來賣，眾人大排長龍也心甘情願，只求嚐上一口，
這下子，她還愁沒錢賺嗎？她愁的是店裡的人手不夠多、店面不夠大啊！

文創風 1154 **4**

她就覺得奇怪，四哥裴危玄怎麼說也是個成年皇子，又是大皇子的親弟弟，
為何新帝登基後沒有趕盡殺絕，只是將他流放而已？
原來四哥從小就是個病秧子，人家新帝是為顯仁慈又覺得他根本不足威脅，
殊不知四哥被她一路餵養，活得很好，而且他不是身體孱弱，是自幼中毒，
經過他自個兒的解毒後，病弱的身體漸漸好了起來，
許沁玉這才曉得四哥醫術、武功都很好，還能觀天象，並擁有馭獸的能力，
老實說，嫁給這種各方面條件俱佳的夫君，她不虧，可他們之間沒有愛啊！

文創風 1155 **5** 完

趁著四哥跑商回家休息的空檔，許沁玉跟他提了一嘴和離的事，
豈料四哥聽完後，臉色徹底黑了，跟她說不要和離，他想娶的人是她，
本來以為四哥只是把她當成妹妹看待，沒想到四哥竟然想娶她？
一想到他喜歡她，她的心就跳得厲害，心裡不知為何竟有絲絲甜意泛起，
那……既然似乎是兩情相悅，不然就先談個戀愛看看？
倘若能行，她堂堂廚神就大嫁光臨，與他做一對真夫妻；
如果不成，那彼此應該還是可以繼續維持著兄妹關係……吧？

文創風
1160

娘子有醫手 2

國家圖書館出版品預行編目資料

娘子有醫手 / 六月梧桐著. --
初版. -- 臺北市 : 狗屋出版社有限公司, 2023.05
冊 ; 公分. --（文創風 ; 1159-1162）
ISBN 978-986-509-421-8（第2冊 : 平裝）. --

857.7　　112004929

著作者　六月梧桐
編輯　安愉
校對　陳依伶
發行所　狗屋出版社有限公司
地址　台北市104中山區龍江路71巷15號1樓
電話　02-2776-5889～0
發行字號　局版台業字845號
法律顧問　蕭雄淋律師
總經銷　知遠文化事業有限公司
電話　02-2664-8800
初版　2023年5月
國際書碼　ISBN-13　978-986-509-421-8

定價280元
狗屋劃撥帳號：19001626
網址：love.doghouse.com.tw　E-mail：love@doghouse.com.tw